五木寛之

他力

GS
幻冬舎新書
587

他力

目次

① 〈他《た》力《りき》〉、という不思議な感覚　13
② 「できないものはできない」と思う　16
③ 〈非常時〉を生きぬく強い思想　19
④ 〈本願他《ほんがんた》力《りき》〉こそ生命力の真の核心　22
⑤ 私を支えてくれた三人の言葉　25
⑥ 法然はなぜ確信をもって人々に語ったのか　28
⑦ 目に見えない大きな力を実感する　31
⑧ 向こうからやってくるもの　34
⑨ 人事をつくすは、これ天命なり　37
⑩ 〈他力〉の道もまた難《かた》きかな　40
⑪ 「やさしく」「ふかく」「ひろく」　43
⑫ 立ちすくむ今日の狭間《はざま》に　46
⑬ いま〈他力の風〉の気配を感じて　50
⑭ 人の手本にはなれないが見本にはなれる　52
⑮ 四百四病《しひゃくしびょう》を体の中に抱えた存在　54
⑯ 延命は、はたして意味のあることなのか　56

⑰生きている人間はすべて病人である 58
⑱いまの医療に欠けているもの 60
⑲今日が最後の一日になるんだぞ、と 62
⑳世界のすべては物語だと考える 64
㉑自分を信じ、自分を愛することが出発点 66
㉒低きにつく、という考え方 68
㉓四つの「思うに任《まか》せぬこと」を背負って 70
㉔本物のプラス思考は、究極のマイナス思考から 72
㉕人生の峠にたたずんで考える下山の道 74
㉖目に見えない大きな宇宙の力 76
㉗〈諦《あきら》める〉ということの意味 78
㉘「透明な存在である自分」へのいらだち 80
㉙人生は自分で放り出すほどにはひどくない 82
㉚物語をつくる想像力がキレた結果が 84
㉛本心をひた隠しにして生きている人々 86
㉜先生も親もやわらかな心が欠けているのでは 88

㉝〈悲〉という感情がものすごく豊かな人　90
㉞自殺と他殺は背中合わせの関係　92
㉟たったひとりの自分が廃墟に孤立して　94
㊱自分自身すら愛することができないとき　96
㊲深く悲しむ人ほど強く歓ぶことができる　98
㊳強く悩み迷うことから本当の確信が生まれる　100
㊴ひとりぼっちだという疎外感　102
㊵「脳死は人の死」の考えの底にあるもの　104
㊶いま、無常の風が、吹いている　106
㊷あるがままの自分を信じるために　108
㊸常識に合わないことを大切にする　110
㊹心に残るものこそ忘れない　112
㊺信仰や本当の情報は〈面授〉でしか伝わらない　114
㊻大事なことが無視されてきた　116
㊼悲しみの容量と歓びの容量は同じ　118
㊽自分をはるかに超える仕事をするために　120

㊾〈悲〉の心への関心が欠落している　122
㊿私たちの社会には、資本主義の根本精神はない　124
(51)いま、アクセルではなく、ブレーキを　126
(52)ビジネスマンたちは、呆然《ぼうぜん》と立ち尽くして　128
(53)何とかしてくれるだろうという「お上《かみ》」意識　130
(54)〈洋魂洋才〉でやれと強制される時代　132
(55)大阪ビジネスの背景にある〈お陰〉の感覚　134
(56)魂なきシステムは成立しない　136
(57)市場原理と自己責任の背後にあるもの　138
(58)二十一世紀は大乱世、人心荒廃の大転換期　140
(59)問題は〝委任社会〟になったこと　142
(60)あらゆるものがバーチャル・リアリティ化する　144
(61)本当の心のバブルが、いま訪れて　146
(62)人生をどう制御して減速していくのか　148
(63)絶句して立ち往生する心　150
(64)この国が平和であるという幻想を捨てる　152

⑥⑤ 当てにできるものは、どこにもない 154

⑥⑥ ちっぽけな自分を超えた宇宙の波動 156

⑥⑦ 戦争に敗けるとは夢にも思っていなかった 158

⑥⑧ 母親をリヤカーに乗せ、弟や妹の手を引きつつ 160

⑥⑨ 民衆は愚かなものなのか 162

⑦⓪ 戦後の「焼け跡の焦土《しょうど》」といま 164

⑦① 人はみな泣きながら生まれてくる 166

⑦② 「わがはからいにあらず」というつぶやき 168

⑦③ 先が短いことを幸せに思う世の中 170

⑦④ 親鸞の思想を俗世の大衆に手渡すこと 172

⑦⑤ 「酒はこれ忘憂《ぼうゆう》の名あり」の至言《しげん》 174

⑦⑥ 欲望や煩悩から自力で解脱《げだつ》することはできない 176

⑦⑦ いまは応仁の乱の前夜と同じか 178

⑦⑧ 無差別救済と無差別殺人の関係 180

⑦⑨ 『かもめのジョナサン』をめざした男 182

⑧⓪ 正統は異端の艶《つや》やかな光に照らされる 184

81 はたして麻原の魂も救われるのか 186
82 危機の時代に噴火するエネルギー 188
83 影を見ることで光を知る 190
84 「しゃべれ、しゃべれ、ものを言え、言え」 192
85 蓮如の言葉は、自分が動くための依《よ》り代《しろ》 194
86 変革の時代にこそ異彩を放つ人物 196
87 終生、母への思慕《しぼ》の情につき動かされて 198
88 〈悲〉は前近代的な感情か 200
89 間引きと移民の記憶 202
90 一生離れられないような人間味 204
91 いま大切なのは〈励まし〉ではなく〈慰め〉 206
92 民衆が新しい時代の担い手に 208
93 大イベントが好きだった蓮如の好奇心 210
94 「宗教と人間」という問い 212
95 一見無用なものが大きな意味を持つ 214
96 〈魂の焦土〉が現れている 216

⑰ 人間の復興と魂の再生　218
⑱ ふたりで歓べば歓びが二倍になる　220
⑲ 先見性のある宗教家　222
⑳ 人の悲しみを大事にすること　224
あとがきにかえて　226
解説　松永伍一　228

他力

TARIKI

①〈他力《たりき》〉、という不思議な感覚

「結局、最後のところは、やはり〈他力《たりき》〉ということなんだろう」

と、最近、深夜に目覚めて、しばしばそう思うことがあります。眠れないままにあれこれ考えるのですが、やはりいきつくところはこの、他力《たりき》、というその一点なのです。

もちろん以前から漠然《ばくぜん》とした感じはありました。今日までこの自分を支え、生かしてくれたものは何か。この明日をも知れない時代に、信じうるものははたしてあるのか。

次から次へと際限なく襲ってくる日常のトラブル。身体の不調。老化のきざし。仕事の上でのさまざまな困難。そして不安や焦燥《しょうそう》、自己嫌悪とやり場のない怒り。脱力感と諦《あきら》め。

そういったもののごった煮のような毎日の暮らしを、よくもまあ何十年も続けてきたものだと、いささか呆《あき》れながらも感心しています。人間というやつは、なんとしぶとい存在なのだろう、とも思います。

人は誰でも一生のうちに、何度か大きな危機に直面することがあるものです。世の中がひっくり返るような事態もあります。生死をわかつ重い病気にかかることもあります。名誉や、地位や、仕事までも一挙に失うことだってあります。失業どころか、自己破産を覚悟するような場合すらありうる。

　私にも、そういう経験は一度ならずありました。いや、むしろ戦後のこの国の順調な成長期に生まれ育った世代の人たちよりも、はるかに多くそういう目にあってきたと言えるでしょう。

　十三歳のときに旧植民地で敗戦を迎えたことも、そのひとつです。国が倒れ、日本人はパスポートを持たぬ難民として異国に投げだされました。ソ連軍の侵入とともに家も財産も没収され、父親は失業し、母親も死にました。やがて三十八度線を徒歩で脱出し、南の米軍の難民キャンプに収容されたあと、リバティー船で博多へ引き揚げてきました。

　その時期に見たり、体験したりしたことを、私はほとんど小説に書いていません。おそらく生涯、それを作品として発表することはないでしょう。

　九州へ帰還してからも、いくつかの大きな危機に見舞われました。なんとかそれをしのいで、やがて上京し、アルバイトに明け暮れる学生生活を送りました。

　大学に六年間いたあと、授業料の未納が続いて、自分から抹籍届《まつせきとどけ》を出さねばならぬ事態に追いこまれました。正式に中退したのはつい数年前のことです。大学の総長という人と言葉をかわしたときに、なかば冗談まじりに「未払いの授業料、納めてくださいよ。いまなら払えるでしょう」と言われて事務局宛に送りました。すると抹籍を取り消してあらためて中退の資格をくれたのです。

世の中に出てからも、ずいぶんいろんな目にあいました。どうして自分だけが、と不運と不遇をかこちつつ過ごした二十代だったと思う。しかし、そんな中でも、とりあえず生きてきました。そこのところの不思議を、つくづく思うのです。〈他力《たりき》〉、という感覚も、たぶんそのあたりにきざしているような気がします。そのことを少し考えてみたいのです。

②「できないものはできない」と思う

私は努力型の人間ではありません。むしろ、その反対の、かなりいいかげんなタイプです。

だが、努力をする、という姿勢にあこがれるところは昔からありました。中学生のころは机の前に「努力！」と大きく書いた半紙をはってしきりに努力しようとむなしい努力を続けていたものです。高校にはいると、それは「克己」という字に変わったりもしました。

しかし、いくら自分を激しく鞭《むち》打とうと、何をやってもなかなか長続きしないのが私の生来《せいらい》の性格です。しなければならないこと、したほうが絶対にいいことが自分でわかっていても、それに取りかかることができない。真向法《まっこうほう》も、ウォーキングも、三日と続きませんでした。生活のすべてに関して投げやりで、きちんと結末まで片づけることが生来苦手なのです。

その性格の背後にあるものは、いったいなんでしょうか。遺伝子の問題でもなさそうです。私の両親は共に師範学校《しはんがっこう》を出て教師として働いており、かなり几帳面《きちょうめん》な人たちだったのですから。

ひょっとすると、少年時代にとんでもない価値大逆転の時代を通過した体験と、いまの私の暮らしぶりのいいかげんさとは、無関係ではないのかもしれません。自分ひとり何をどうがんばろうと、大きな社会の変動や時代のうねりの前には、ほとんど無力なのだ、と、体のどこか深いところで感じているようなのです。

だめなものはだめ、できないことはできない。個人の努力も善意も、むくわれないときはむくわれない。いや、むしろそのほうが多いのが人間の世界である、と、心の底でひそかに思っているのです。

正直者がばかをみる、という言葉を聞いて、十代のころ思わずびっくりしたものです。なんだって？　これまで正直者がばかをみなかった時代なんて、一度でもあったんだろうか。いまごろ何を言っているのか、と素直に驚いたからです。

それを、ただ、ひねくれた少年の歪《ゆが》んだ考え、と切り捨ててしまいたくない気持ちが、いまでも私の中にはあります。

正直者がばかをみるのは当たり前だ、と信じこんでいればこそ、私はこれまでに何度も全身《ぜんしん》全霊《ぜんれい》で感動できる、めったにない出来事を体験することがあったのです。

世の中には、正直者がばかをみないことも、ごくまれにはあるのです。それは事実です。私はこれまでに何度もそういう例を見てきました。そして本当に心の底から感動したものです。

努力がむくわれることもまた、まれにあります。めったにないことだが、絶対にあります。

努力がむなしいなどとは決して思いません。しかし、それはこの世の中で、ごくごくまれな、大げさに言えば奇跡《きせき》のような事件としてあるのであって、それ以上ではないのです。

露骨《ろこつ》に言ってしまえば、正直者はおおむねばかをみます。努力はほとんどむくわれることはありません。

そういう私のものの見方は、どこか歪《ゆが》んでいるように思います。決してノーマルではないでしょう。しかし、歪んだ鏡に正しい像は映りません。時代には〈常時〉と〈非常時〉がありま す。坂には登りと下《くだ》りがあります。風にも順風と逆風があります。

いま、私たちが時代のどこに立っているかが問題なのです。

③〈非常時〉を生きぬく強い思想

〈非常時〉というのは、私たちの世代が子供のころ、しきりに使われた言葉でした。

「この非常時にジャズの音楽をきくなどとは、けしからん。非国民めが！」

とか、

「芋《いも》の蔓《つる》がまずいなどと泣き言を言うんじゃない。この非常時をなんと心得とるか。戦地の兵隊さんの苦労を思え！」

などと、居丈高《いたけだか》に説教する大人たちが、よくいたものです。

ためしに辞書をひいてみますと、〈非常時〉とは、

「国家的、または国際的に重大な危機に面した時」

と出ています。そう考えてみますと、私たちはまさに〈非常時の子〉であったと言えるのかもしれません。〈常時〉に大切な〈常識〉に欠けるところがあるのも、うなずけるところです。

〈常民〉という言葉もありますが、〈非常時〉を生きぬく人々は、さしずめ〈非常民〉とでも呼ぶべきかもしれません。

この国の歴史をふり返ってみると、ときどき時代の節目《ふしめ》節目《ふしめ》に、すさまじい〈非常時〉が訪れてきていることがわかります。

応仁《おうにん》の乱の時代もひとつの〈非常時〉でした。戦国時代はもちろんです。幕末、開国、維新という〈非常時〉もありました。日清、日露戦争の〈非常時〉には、勇躍、戦地へおもむく壮《そう》丁《てい》もいれば、兵役のがれの御利益《ごりやく》があると言われて大繁昌した神社もあったようです。

昭和の戦争と敗戦は、私たちが実際に体験した〈非常時〉です。そしていま。

「国家的、または国際的に重大な危機に面した時」

と言えば、現在はまさしく〈非常時〉にちがいありません。しかし、それは国の〈非常時〉であって、自分には関係がない、という声もありそうです。

しかし、私たちがいま目の前にしている世界は、国家と社会の危機だけではありません。私たちは、誰もが「精神的、または心理的に重大な危機」に直面しているという実感を抱《いだ》いて生きているはずですから。「透明な存在である自分」という言葉に衝撃をおぼえるのは、自分の命そのもののたしかな質量感、手ごたえを私たちが失いかけているからだと言えるのかもしれません。

自殺、離婚、自己破産、失業、犯罪、汚職、そういった事件の右肩上りの増加ぶりは、現在が私たちの〈魂の非常時〉であることをはっきりと示しています。つまり私たちはいま、外側からも、内側からもまさに二重の〈非常時〉に直面していると言うべきかもしれません。

〈非常時〉には〈非常時〉の思想があり、生き方がある。〈他力《たりき》〉、という聞きなれない言葉に秘められた異様なエネルギーも、たぶん人間の生を絶えざる〈非常時〉と見る徹底した姿勢から生まれた思想ではないかと私は思うのです。では、その他力とは、いったいどういう力なのでしょうか。

④〈本願他力《ほんがんたりき》〉こそ生命力の真の核心

〈他力〉、と言えば、すぐに〈他力本願《たりきほんがん》〉という言葉が浮かびます。この他力本願という表現は、最近でもじつによく使われる言葉で、新聞やテレビなどでもちょくちょく目にしたり耳にしたりします。

一般に他力本願と言えば、「あなたまかせ」「他人《ひと》まかせ」の意味で用いられることが多い。つまり〈自助努力〉の反対の表現として世間に通用しているようです。最近流行の〈自己責任〉を強調する際にも、他力本願ではいけない、と言われたりします。さらに言えば、俗にいわれる〈他力本願〉と区別するために、〈本願他力〉と、本願を先に立てる表現が適当な気もします。

しかし、時代とともに言葉の本来の意味が少しずつ変わってくるのは仕方のないことではありますが、〈他力本願〉の本当の意味は、決してたんなる「あなたまかせ」「無責任」ではありません。それはひときわくっきりとした強い世界観にもとづく大きな思想であり、危機に直面した人間にとってのもっとも頼もしい力であると言っていいでしょう。

この他力のことを、思想とか、世界観といった表現をすることに違和感をもたれるかたも少なくないと思います。日本浄土教《じょうどきょう》の始祖、法然《ほうねん》、そして真宗《しんしゅう》の確立者である親鸞《しんらん》、蓮如《れんにょ》らの信仰のもっとも重要な核心がそこにあるとすれば、その疑念は当然です。

しかし、私が〈本願他力〉を、あえて信仰とか、信心とかいった言葉で表現しなかったのは、他力という言葉に、宗派《しゅうは》を超えて現代人すべての心に働きかける激しく大きな力を感ずるからにほかなりません。

神や仏の存在を信じる者も、信じない者も、目に見えない世界を認める者も、認めない者も、世界中の民族や国籍を超えて〈非常時〉に生きる私たちを、強く揺さぶるエネルギーがそこにはある。そして、この他力の世界こそ、いま私たちが無意識に求めている「何か」ではないか、と思うのです。

ここでは、仏教学的な他力論議をあえてしません。その機縁《きえん》があれば、いくらでも親切な解説書に出会えるはずです。宗門《しゅうもん》のかたに話を聞くという方法もあるでしょう。

私は仏教についても、また〈本願他力〉の背景に関しても、きちんと体系的に勉強したことはありません。いろいろ知ったようなことを書いてはいますが、私の知識や理解のほとんどの部分はテキストから学んだものではなく、俗に耳学問と言われるお話として対面して聞いたものばかりです。

　しかし、本当の知識や理解は、声に出して、口から人の耳へと伝えられてゆくものではないでしょうか。

　真宗《しんしゅう》では特に聞法《もんぼう》ということを大事にしてきました。有名な蓮如の『御文章《ごぶんしょう》』（お文《ふみ》）と言われる手紙形式の説法も、大勢の人に読んで聞かせ、また皆がいっしょに声に出して朗唱することを前提に書かれました。

　そんなふうにして耳から声で伝えられた私流の他力の受けとり方について、少し突っこんで考えてみようと思うのです。

⑤ 私を支えてくれた三人の言葉

毎日の暮らしの中で、私がいつも思うのは、何百年も昔の、三人の宗教者のことです。
まず、法然《ほうねん》。
そして、親鸞《しんらん》。
最後が、蓮如《れんにょ》。

生きて、生活していくということは大変なことではあります。私の郷里の老人たちは、「難《なん》儀《ぎ》なことで」と、よく言いました。どんなに恵まれた立場の人でも、生きていくということは、それぞれに難儀なことです。それから逃れることなど、できません。

経済的に余裕のある人でも、健康まで思うとおりにはできない。いくら健康でも、家庭の問題や肉親との対立は避けるわけにはいかないでしょう。愛情や希望へのこだわりといった目に見えない難儀もあります。精神的な苦しみや不安、また、満たされない欲望といった難儀もあります。

お金の苦労、食べていくことの難儀は言うまでもありません。すべてに問題がないとしても、人生の意義が見あたらない、世界のどこにも自分の依《よ》りどころが感じられない、などという高尚《こうしょう》な悩みも存在します。自分の存在が「透明に」しか思えないという苦しみもあるでしょう。

じつに「生きていく」ということは、難儀なことです。もう、これ以上、生き続けることはできない、と感じることもあるはずです。

そんな場面で、私の助けになってくれるのが、先にあげた三人の言行です。

できるだけ簡単に言ってしまえば、難儀な人生を、なんとか投げ出さずに生きていく力を、その三人からあたえられているように思うのです。

苦しみや不安にみちた日常の中で、とことん落ちこんでしまうことなく、きわどいところで自分を支えて、あるゆとりさえ感じさせてくれるオーラを、その三人に感ずるのです。

法然は日本浄土教《じょうどきょう》の祖とされている人ですが、私は宗派《しゅうは》のことはあまり意識しません。むしろ親鸞がみずからの師としてすべてを賭け、生涯慕《した》い続けた先達《せんだつ》として法然という人を受けとめています。そして、蓮如は親鸞に帰依《きえ》し、その教えを乱世に生きる大衆に手渡すことに一生を賭けました。

法然《ほうねん》の教えの中で、私がもっとも感動するのは、

〈易行往生《いぎょうおうじょう》〉

ということです。

そして親鸞《しんらん》の場合は、

〈自然法爾《じねんほうに》〉

という言葉です。有名な〈悪人正機《あくにんしょうき》〉説よりも、はるかに深いものを感じるのです。

そして蓮如《れんにょ》について言えば、

〈他力本願《たりきほんがん》〉

というところに惹《ひ》きつけられるのですが、この三つの言葉は、つまるところ同じひとつのことに違った光を当てているような気がしないでもありません。どれも背後には、

「わがはからいにあらず」

という他力の声が響いているように思えてならないからです。

⑥ 法然はなぜ確信をもって人々に語ったのか

〈易行往生《いぎょうおうじょう》〉というのは、私が勝手に作った表現で、一般には〈易行念仏《いぎょうねんぶつ》〉のほうが耳なれた言葉だろうと思います。

〈易行〉というのは、「やさしく行うこと」。つまり〈難行苦行《なんぎょうくぎょう》〉の反対の意味でしょう。

〈往生〉と言えば、世間では、死ぬこと、成仏《じょうぶつ》すること、また極楽浄土《ごくらくじょうど》へ迎えられて再生すること、というふうに考えられていますが、私は少し違った受けとり方をしています。

私は〈往生〉を「生きてゆく力をあたえられること」、「生きる歓びを感じること」、また「苦しみや不安を抱えながらも、それに負けない真の安らぎを覚えること」、というふうに自由に考えます。

法然はその〈往生〉を必死で求める当時の人々に、

「難しい学問や、苦しい修行はいらない。ただ一筋に仏を信じて念仏しなさい。それだけでよい。そうすれば必ず救われるのだから」

と、言いました。ほかはいらない、と、確信にみちた言葉で教えたのです。これは当時の仏教界からみれば、相当にスキャンダラスな、言わばラジカルな言動です。やがて法然は事件にまきこまれて、弟子の何人かは死罪、法然と親鸞は流罪《るざい》に処せられます。

「ただ念仏せよ」

と、法然は語り続けました。ほかのことは、まあ、よい。とにかく「南無阿弥陀仏《なむあみだぶつ》」と唱えなさい。体を売って暮らす遊女にも、ひたすら阿弥陀さまを信じて念仏することだ、と教えます。

法然は何の保証があって、そういうことを人々に語ったのでしょうか。一筋に仏を信じて念仏すれば往生できる、と彼は言う。しかし、それが本当だと客観的に証明するものはどこにもありません。

にもかかわらず、法然が確信をもってそれを説いたのには、正当な理由があります。それは、法然自身が〈念仏〉という〈易行〉によって、実際に救われた人間だったからだと思います。難しい学問や苦しい修行をはなれ、ただ素直に「南無阿弥陀仏」とつぶやくことで、彼は生き難い世に悩み多き一個人として、「生きる力」と「生きる歓び」と「生きる安らぎ」をたしかにあたえられたと実感したにちがいありません。

だからこそ法然は、〈易行往生〉を熱く語り、多くの人々がそれに感動したのでしょう。若い親鸞もそのようにして法然の言葉に賭けたひとりでした。

「賭ける」という言い方をしましたが、それは、仏教の言葉で言うと〈帰依《きえ》する〉ということです。〈帰依する〉とは、「信じる」ということでもあり、いろんな小賢《こざか》しい考えを捨てて、素直に全身で相手に身を任《まか》せること、すべてをゆだねること、とも考えられますが、親鸞はさらにもう一歩深くそのことを究《きわ》めることになります。

⑦目に見えない大きな力を実感する

「念仏をするだけでよい」

と法然は言いました。一般に〈念仏〉とは、「南無阿弥陀仏」と唱えること、とされています。

この「ナムアミダブツ」は、三つの言葉からできています。

〈南無〉はサンスクリット語の「ナマス（namas）」の音を漢字にしたもの、と言われます。また、ナマスのほかに「ナモ（namo）」という言葉もあるそうですが、どちらも尊敬と信頼の意味を表し、いまのインドでよく耳にする挨拶、「ナマス・テー」という言葉とも結びついているようです。ちなみに「テー」は、「あなた」のこと。

仏教的な表現では、〈帰依《きえ》する〉〈帰命《きみよう》する〉などの意味を当て、仏の前にぬかずいて謙虚《けんきよ》に頭をたれ、信心を誓うこと。昔『人形の家』というヒット曲がありましたが、私は〈帰命する〉という言葉を目にするたびに、ふとあの歌詞の一節、「私はあなたに命をあずけた」という文句を思い出したものでした。

〈南無〉は、「あなたにすべてをお任せします」という一念《いちねん》の表現と考えていいでしょう。そして、その相手が〈阿弥陀仏〉です。

ここで、〈阿弥陀〉のそもそもの意味を調べてみますと、やはりサンスクリット語の「アミターユス（Amitāyus）」と、もうひとつ、「アミターバ（Amitābhā）」という言葉が出てきます。「アミターユス」を、〈無量寿〉と中国人は訳しました。「アミターバ」は〈無量光〉となります。これを単純に言いかえますと、「アミターユス」は「宇宙に脈打つ終わりなき生命のエネルギー」。そして「アミターバ」のほうは、「世界のすべてをくまなく照らす真理の光」、ということになるのかもしれません。

最後に出てくる〈仏《ぶつ》〉は、「ブッダ（Buddha）」です。もともとの意味は「目覚めた人」「悟《さと》った人」のことですが、それは「目に見えない大きな力」を全身全霊で深く自覚した存在をさす表現ではないでしょうか。

やがてそれは、「目覚めた人」の代表的な人物である釈迦《しゃか》の代名詞として用いられますが、もともとは数多くの〈仏〉が存在すると考えていいでしょう。八百万《やおよろず》の神々とは比べものになりませんが、〈仏〉もまた少なくありません。

〈阿弥陀仏〉とは、そのような「無限の生命力」と「真理の光」とを、多くの人々にわかりやすく物語化した存在だと私は思っています。そして物語の中に描かれることで、「目に見えない力」は、さらに生き生きと力強く私たちに迫ってくるのです。

浄土教の宗祖、法然が熱烈に説いたのは、〈念仏〉をすることで、その目に見えない大きな生命力を実感して、この世の闇《やみ》を照らす光に触れること、だったのではないでしょうか。

⑧ 向こうからやってくるもの

やさしく往生する道がある、それはひたすら念仏することだ、と法然は語りますが、親鸞はその言葉に帰依《きえ》しつつ、さらに一歩、深いところへ歩きだします。

ただ口に念仏を唱えることはやさしいが、赤子のように素直に、無心に仏に〈帰依する〉ことは、そう簡単なことではない、と考えるのです。無心とは、これまで身についたさまざまな知識や感覚を捨てさることです。赤子のように素直になる、それはなかなかできることではない。

さらに〈帰依する〉とは、自分で決心し、努力してするのではなく、むしろおのずと「大きな力」によって、自然に引き寄せられることなのではあるまいか。

「わがはからいにあらず」

という言葉が、そのことを見事に表現しているように思います。

「南無阿弥陀仏」と、念仏する。それは仏の前にぬかずいて、あなたを信じます、と誓うことではない。これまでの自分を捨てようとがんばることでもない。

そうせずにはいられない、というところへ人はおのずと引き寄せられるのだ、と考えるのです。

法然という偉いお坊さんがいるそうだ、という噂を人から聞く。それがすでに「見えない力」に働きかけられたことになる。噂は耳にしていたが、なかなか自分で出かけていって話を聞く機会がない。ところが親しい友人か家族のだれかが、きょう法然さまの話があるそうだ、一緒にいってみないか、と誘ってくれた。それも「向こう側から」やってくる力かもしれない。

そして、法然の声を聞き、表情を見、なぜか理由もなく、その人の言葉に感動する。この人についていこう、と湧《わ》きあがってくる衝動をおさえることができない。それは自分がそうしようと努めているわけではなく、人の言葉に説得されたわけでもない。そういう機会に出くわしたということが、「見えない光」に照らされたということではないでしょうか。

〈自力《じりき》〉から〈他力《たりき》〉への大きな転回がここに生まれます。

「わがはからいにあらず」

という言葉が、私の頭の奥にいつも響いて消えません。

「なるようにしかならない」

と思い、さらに、

「しかし、おのずと必ずなるべきようになるのだ」

と心の中でうなずきます。そうすると、不思議な安心感がどこからともなく訪れてくるのを感じる。さっきまで心臓が苦しいほど焦《あせ》っていたのが、少しずつ落ちついてくることもある。ジタバタしながら、そのジタバタにとことん打ちのめされることがない。

「わがはからいにあらず」

と、親鸞の静かな肉声が聞こえてくるような感じがするのです。

⑨ 人事をつくすは、これ天命なり

「〈自《じ》然《ねん》〉というは、自は、おのずからという」

これは親鸞の言葉の一節です。そして、

「然《ねん》というは、しからしむという言葉なり」

と言い、それは人のはからいではない、とも書きます。

〈法《ほう》爾《に》〉

とは、人に働きかける「見えない力」のことでしょう。私たちは自分で決意し、判断し、努力して何かを得たと思いこみがちですが、じつはそうではない。

〈他力本願《たりきほんがん》〉

という言葉も、この親鸞の〈自然法爾〉と同じ真実を語っています。

私は〈他力〉という言葉の意味を、長い間誤解していました。ある若い批評家が私にこう言ったことがあります。

「五木さんは、よく〈他力〉のことを口にするけど、でも本当に〈他力〉の自覚をうるためには、やはりそれなりの〈自力〉が必要なんじゃないですか」

「うーん、そう言われれば、そうかもしれない」

と、そのときは答えたのですが、それにはこんなわけがあります。

他力ということを説明する際に、私はときどきヨットの話をすることがありました。エンジンのついていないヨットは、まったくの無風状態であれば走ることができない。少しでも風があればなんとかなるでしょうが、そよとも吹かなければお手上げです。ヨットの上で、どんなにがんばっても無駄《むだ》です。他力の風が吹かなければ、私たちの日常も、本当は思うとおりにはいかないものです。

病気と闘う、などといくら決意しても、なかなかそうはいきません。

しかし、風が吹いてきたときに、ヨットの帆をおろして居眠りしていたのでは、走る機会も逃《のが》してしまいます。ですから、無風状態がどれほど続いていても、じっと我慢し、注意ぶかく風の気配を待ち、空模様を眺めて、風を待つ努力は必要なわけです。

その努力を〈自力〉と考えれば、若い批評家が言うように、ある程度の自力も必要ということになる。

しかし、最近やっと納得できるようになってきたのですが、じつはその〈自力〉と見える努力も、本当は〈他力〉の働きではないのでしょうか。

無風にめげず、じっと風を待ち、いつでも風に応ずる緊張感、その努力をヨットマンにあたえ、そして「いつか風は吹く」というくじけぬ信念を持続させるもの、それこそまさに〈他力〉の働きだと思うようになったのです。

「やる気」をおこすこと、また、「人事をつくして天命を待つ」という気に、おのずとさせる不思議な力、それこそまさしく〈他力〉の働きの本質でしょう。

「人事をつくして天命を待つ」

という言葉を、

「人事をつくすは、これ天命なり」

と、私は勝手な読み方をしています。〈天命〉を〈他力〉の意味に受けとめるのです。死にもの狂いで人事をつくそうと決意し、それをやりとげる。それこそ〈他力〉の後押しがなければできないことです。そう考えれば、自分が〈自力〉にこだわるのが滑稽《こっけい》にさえ思えてきたのでした。

⑩〈他力〉の道もまた難《かた》きかな

私は「闘病」という言葉が、どうしても好きになれません。ある有名な医師と対談をしたときに、その医師はこう言いました。

「結局、医者を信じて、絶対に病気に打ち勝つんだという強い気持ちを持つ患者さんのほうが治るんですよ」

たしかにそうかもしれません。とても病気には勝てない、もうこれでおしまいだ、などと無気力になっていては、医師も治療の甲斐《かい》がないというものです。

「必ずガンに勝ってみせます」

という手紙をいただいたこともあります。しかし、治るものは治るし、治らないものは治らない。治ったように見えても、人間は死のキャリアであり、いずれ死ぬわけです。

老いにも、病いにも、勝利などということはありえません。

健康法や検査など、いくら努力しても病気は向こうからやってきます。たばこの害は明らかですが、一日に五十本もたばこを吸いながら九十過ぎまでゴルフをやっている人を身《み》近《ぢか》に知っています。

しかし、万分の一でも役に立つのなら、健康を維持するための努力は、したほうがいいはずです。不幸にして病気になったなら、絶対にそれを治すのだとがんばったほうがいい。

しかし、それがわかっていても、できないことがあります。努力しようと何度も決意しながら、三日と続かないときもある。

また逆に、自分でも驚くほどがんばれるときもあるものです。後からふり返って、どうしてあのときの自分は――と不思議に思うこともありました。そういう本当の「やる気」が体の奥底からふつふつと湧いてくるとき、それこそが私の言う〈他力の風〉が吹いてきたときです。

思いきった決断、勇気、努力、持続する力、自分で自分に感心するくらいに一二〇パーセントの力を発揮できたとき、そのときこそが見えない〈他力の光〉がさしたときではないか。

仕事がうまくいかないときがある。どれほど努力しても失敗ばかりする時期もある。そういうときは、「うーん、どうも他力の風が吹いてないようだな」と、自分を責めたりせずに首をすくめていればよい。

反対に、思った以上に物事がうまくいくことがある。人からもほめられ、自信もますますついてくる。そういうときは、むしろ立ちどまって、じっくり考えてみるべきでしょう。

「わがはからいにあらず」

そうつぶやいてみるのです。目に見えない大きな順風が吹いて、その〈他力〉が物事を自分の実力以上にうまく運んでくれたのだ、と。

そういうときは、謙虚に〈他力〉に感謝すべきでしょう。決して得意になるべきではありません。とはいうものの、それができるかできないかも、やはり「わがはからいにあらず」となれば、〈他力〉の道もまた難《かた》きかな、ということです。

⑪「やさしく」「ふかく」「ひろく」

蓮如《れんにょ》という人は、親鸞《しんらん》に帰依《きえ》し、その教えを正しく、広く人々に手渡そうと、全力でつくした人物だと私は思っています。

しかし、彼はしばしば親鸞の深い思索《しさく》を、通俗化して大衆に伝えたと批判されることがあります。

ですが、こと〈他力〉という一点にしぼって眺めてみますと、蓮如ほど身をもって他力を生き生きと生きた人物はめずらしいと言っていいのではないでしょうか。

法然《ほうねん》は難しい往生の修行を、「やさしく」行うことを説きました。そして、親鸞の仕事は、法然が「やさしく」説いた往生の道を、より「ふかく」究めたことです。そして蓮如は親鸞が「ふかく究めた」信仰を、「ひろく」人々に手渡そうと生涯を賭けました。

この「難しいことをやさしく」、「やさしいことをふかく」、「ふかいことをひろく」という、三つの大きな働きによって日本仏教は、日本人の心に長く定着することとなります。

親鸞の論理をつきつめて考えてみますと、「無上仏《むじょうぶつ》ともうすは、かたちもなくましますという地点が見えてきます。阿弥陀仏《あみだぶつ》というのも、つまるところは「自然《じねん》のようをしらせん料《りょう》なり」という。

この「料」というのは、「表現の手段」ということですから、形をもつ仏とは、仏像も絵像も、「自然のよう」を物語化し、視覚化した方便の形象ということになる。仏像の背後に透視されるのは、〈自然法爾《じねんほうに》〉、すなわち「無限の宇宙の生命のエネルギー」であり、「世界をくまなく照らす真理の光」であるということでしょう。

しかし蓮如は、大衆と専一にあいかかわる状況の中で、〈他力本願〉という物語性を強く押しだします。そこで描かれる阿弥陀仏の姿は、苦しむ者、悩める者、世間から差別され、賤《いや》しまれる者、そして女子供などを、どうしても見捨てることができない仏の存在です。

その仏は人々を救わずにはいられないという「悲しみの感情」を体いっぱい背負って、いても立ってもいられない仏であり、どんなに平安で高い地位を約束されても、地上の愚かな人間たちを置き去りにはできない思いを運命づけられた異様な仏です。そして声のかぎりに人々に呼びかけ、両手をさしのべて衆生《しゅじょう》の手をつかもうとする。それを〈大悲《だいひ》〉とも言い〈本願〉とも言います。

阿弥陀仏とは、人々と共に苦しみ、それらの人々を救わずには自分もまた救われないという、むしろ悲しい仏、〈悲仏〉かもしれません。

「あの声が聞こえないのか！　あの仏の御手《みて》の温かさがわからないのか！」

と、蓮如は声をからして苦しむ人々に叫ぶのですが、彼もまたみずから決意してそうしているのではないという自覚があったはずです。

〈他力本願〉を説き続ける彼を動かしているのは、まぎれもなく〈他力の風〉でした。彼もまた乱世の巷《ちまた》に舞う一枚の木の葉であったのかもしれません。

⑫ 立ちすくむ今日の狭間《はざま》に

このところ激しい大きな波が私たちの周囲にまきおこっています。津波のように、と言っていいかもしれません。

その波の背後からふたつの威圧的な声が響いてきます。

ひとつは〈市場原理〉という言葉。

もうひとつは、〈自己責任〉という掛け声です。

入社以来、自分の家のように感じていた会社から、あっさり切り捨てられるのも〈市場原理〉のせいであるという。

また、生活費をけずって積み立てた老後のための貯《たくわ》えが、一挙に失われたとしても、それは〈自己責任〉のせいだとされる。

それが世界の基準で、日本人もこれからは当然それにしたがうべきだと声高《こわだか》に言われています。

そうなれば、今後は自分のことは〈自力〉で守るしかない。仕事も、家族も、健康も、子供の教育も、そして老後も、すべて〈自助努力〉で支えるしかないと思われてきます。

〽俺が浮べば　あいつが沈む
　狭い浮世の　水の中

という、星野《ほしの》哲郎《てつろう》さんの古い歌の文句が、ふっと思い出されます。すべての人が競争に勝ち残ることはできません。アメリカがかつてない好況を謳歌《おうか》していた最近ですら、銀行に預金の口座を持てない人たちが国民の三〇パーセント近くもいたという事実は、そのことを非情に物語っていると思われます。銀行口座が持てないということは、カードも、ローンの決済も一切できないことを意味します。

アメリカはカード社会だと、よく言われたものでした。レンタカーを借りるのにも、ホテルを予約するにも、カードの偉力は絶大だという。

しかし、それを裏返せば、アメリカでカードを所有できるということは、かなり大きなアドバンテージ（優越した立場）なのだ、という事実に気づかざるをえません。すべての人が持てるわけではないからこそ、カードが個人の信用状のはたらきをするのではないでしょうか。

勝者があれば、必ず敗者が存在する。〈自己責任〉という言葉は、そういう現実を〈自力〉で勝ちぬけと言っているのです。

しかし、その競争に勝った人間が勝ち誇り、敗れた人々が絶望と自己嫌悪の深い淵《ふち》に沈んでいくような社会を、私は好ましいとは思いません。

私たちは見えない明日に、心の底でおびえている。不安を感じ、やり場のない嫌悪感にみたされ、少年や少女たちから高齢者までもが、それぞれに強い焦燥感《しょうそうかん》を抱いて生きている。

そういう時代に、私たちは何を心の支えとして生きていけばよいのか。

いまこそ〈他力〉という奇妙な力に、ひょっとするとひとつの活路が見出せるのではないか、と私は強く感じているのです。

すべてが自分の責任というわけではない。目に見えない大きな力が私たちを生かし、なかなかやる気さえ起こさせてくれないときもあれば、また思いがけない勇気とファイトをもたらしてくれるときもある。

もし、〈他力の風〉が、いつかは吹くのだと信じられたとすれば、それはすでにその人に他力が訪れているのだと言っていい。

どうしてもそれが信じられなくても、それは待つしかないのです。この世界に永遠に風が吹かないということはないのですから。

⑬ いま〈他力の風〉の気配を感じて

〈他力本願〉とは、安易な〈他人依存〉とは根本的にちがいます。国家や、憲法や、政府や、病院や、学校や、企業や、世間の良識や、マスコミや、銀行や、その他のすべてに頼ることを捨てるところから発する、真の自力の確信こそ、〈他力本願〉の姿です。

そして、その自立の勇気をもたらしてくれる見えない力が、〈他力〉であり、大きな宇宙の生命力である〈本願〉だと、私はいつからか感じるようになりました。

神であれ、仏であれ、また、キリスト教であれ、ヒンドゥー教であれ、イスラム教であれ、道教や儒教であれ、各地の先住民たちの固有の宗教であれ、自然崇拝《しぜんすうはい》であれ、あらゆる目に見えないものへの交感は、すべて根本のところでこの〈他力〉へのひそかな共鳴がひそんでいます。

それを〈宗教〉と言うか、〈精神文化〉と呼ぶか、人によって受けとめ方は異なっても、なにかそのようなものを背後に自覚していない社会は、透明で希薄《きはく》です。

〈市場原理〉や〈自己責任〉といった露骨な言葉の背後にも、〈見えざる神の御手《みて》〉と〈個人と神の契約〉の影がさしている。それなくしては個人のアイデンティティさえも見出すことは難しい。

　私たち日本人は、よく無宗教の国民だと言われたりしますが、それは大きなまちがいです。社会的慣習としての宗教行事が目立たなくなってきただけで、心の深いところには強い宗教的感覚が豊かに眠っている。それに私たち自身が気づいていないだけのことでしょう。この列島のなかで、私たち日本人は、どの民族にもまして濃密な自然と宇宙との共感を抱いて生きてきました。それが見えなくなったのは、ほんの五、六十年の最近のことにすぎません。

　いま、大乱世ともいうべき時代を前にして、あらためてそのことを考えてみる風潮がきざしてきています。それこそ、まさに〈他力の風〉が吹きはじめた、という気がするのです。

　私のこの雑駁《ざつぱく》で場あたり的な文章を読んでくださったということも、〈他力〉のひとつの線と受けとっていただけたら、とひそかに思うのです。

⑭ 人の手本にはなれないが見本にはなれる

高光大船《たかみつだいせん》という真摯《しんし》な念仏者でみんなから尊敬されていた人物が北陸にいましたが、彼の言葉で印象的なのは、自分は人のお手本にはなれない、だけど見本ぐらいにはなれるだろう、という言い方でした。

手本だと、それに習おうとするけれども、見本はおいしそうとかまずそうとか、見る側の立場でいろいろ言える。私は、健康とか宗教について書いたり話したりしていますが、これらは自分の体験から得たことを直感にしたがって書いたり話したりしているわけで、ひとつの手本でなく、見本として、みんながとらえてくれればと、思っています。笑ってくれればいいし、感心したり、共鳴してくれればけっこうな話で、ばかにされても構わない、と。

人間はひとりひとり違うのです。すべての人がたったひとりしかいない存在なのです。

ゴータマ・ブッダは生まれてすぐに歩き、〈天上天下《てんじょうてんげ》唯我《ゆいが》独尊《どくそん》〉と言ったという伝説が伝えられていますが、これは、なにも自分だけが偉いと言っているわけではないと思います。

自分と同じ人間はふたりといないのだ、この宇宙に自分はたったひとりの存在なのだ、ということを深い感懐《かんかい》を抱いて表現しているのではないか。

それに対して現代医療は画一的《かくいってき》に人間をとらえて、標準的な数値を押しつけ、その判断によって処方をしようとする。

私の病気のとらえ方は違います。たとえば、腰痛などの問題も、生理的な問題とか、民間治療の観点からとらえるのではなく、腰痛に悩む人は人間とか宇宙に対する考え方が間違っているのではないだろうか。長くその症状と付き合ってきた私はそう感じています。また、頭痛に関して極論を言えば、頭痛をなくすということは間違っている。頭痛はある意味で天の配剤《はいざい》であって、体の警告であるからこそ、人間は行動や思考を自制し、生き長らえてきたと言えるのではないか。

こう考えると、現代医療に自分の命も健康もあずけられなくなってきます。自己を信じて、自分の力で自立する以外にないわけです。とにかく、いまの時代はこれまでの時代の常識が通用しません。あらゆるものに対する不信から出発して自己への信頼を回復するほかない。しかし、こう語っている私の考え方も自分の体験から得た直感によるもので、ひとつの見本にしかすぎません。

⑮ 四百四病《しひゃくしびょう》を体の中に抱えた存在

仏教的な考え方では、人間はそもそも健康な存在ではありません。人間は生まれたときから四百四病《しひゃくしびょう》を体の中に抱えこんで持って生まれてくるのです。つまり、人間は本来、病気と共にある存在であると言っていいでしょう。

禅では病気のことを〈不安《ふあん》〉と言うそうです。「老師不安」と言うと、老先生は病気でございます、という意味です。不安というのは、要するに体調が不安定になり、バランスが崩れることによって、四百四病が表に出たということなのではないか。

これまでの近代医学では、外側に病気の原因がいろいろあって、そういうものが人間に悪さを仕掛けてきて、それに攻められて病気になったと考えています。ですから、それをやっつけていこうという非常に戦闘的な考え方です。戦う、勝つなんていう戦争用語がやたらと出てくる。ですから、治癒《ちゆ》に対する考え方も違います。私は、いま、人間が持っている全体性みたいなものを、もういっぺん発見し直さなければならないのではないか、と考えるのです。科学的常識として知っているものは、はたして正しいのか、あるいは奇跡的な治癒は迷信にすぎないのだろうか。

私は奇跡的な劇的治癒はあるだろうと思うのです。それはたんに自然治癒力が高まったとか、細胞が活性化してというものではなく、自分の直感に導かれて治癒にいたったようなケースです。直感と言うと、非常に神秘的に聞こえますが、そうではないと思います。それは近代的知性とは別の、非常に知的なものを内側にはらんでいる。外から聞こえる宇宙の声かもしれないし、内なる自分の声の形を取るかもしれない。いずれにしろ、いま、直感に導かれて、それらの声に耳を澄《す》ます必要があると、強く感じます。

同時に、何かしら宗教的なものがないと人間は本当に健康になれない、というふうにも思います。

宗教に帰依《きえ》すると病気が治るということではなく、むしろ反対の意味です。洋の東西を問わず、どこの宗教でも、それを信じれば苦しみがなくなるとは言っていません。苦しみは変わらないけれども、向こうに出口が見えるかどうか。人間が生きていくということは、やっぱりさまざまな業《ごう》を背負っているわけで、生きていくだけでも大変なことです。宗教を持つことの意義は、その大変さを底で支えてくれる力があるかどうかです。

⑯ 延命は、はたして意味のあることなのか

日本の男性の平均寿命は七十七歳ぐらいでしょうか。これは世界に冠《かん》たる長寿国日本の平均寿命ですから、世界全体をひっくるめて考えると、六十年以上生きるというのは、不自然かつ人工的に人生を延ばしている、なにか自然の摂理《せつり》というものとズレているのではないか、という気がします。

〈知《ち》足《そく》〉という言葉があります。足ることを知る――。

必ずしも私はそれを自分の生活で体現しているとは思いませんが、年を経るごとに歯とか目とか、その他もろもろの器官が衰えてゆき、人間はこの辺で仕事を終えて去っていいんだよ、という呼びかけがあるはずです。それが昔でいう人生五十年で、現代人の場合はそれに十プラスして六十というのが、いいところではないでしょうか。

それ以上生きようとするのは、意味がないと言いますか、非常に不自然で、かつ無駄なことをしているような気がします。

人間は、地球上の熱帯雨林を片っぱしから切り倒して、ブロイラーの鶏を大量生産し、その

挙げ句、最近では羊を牛の餌にすることまでやっている。そうやって、他の生物の命をものすごく縮小させている。それでいて、人間だけがそれまでの平均寿命をはるかに上回って延命している。こんなことが許されるだろうか、と真剣に考えてしまうのです。

　人間の延命ということが、はたして意味のあることなのか、正しいことなのかという疑問がずっとあります。

　たとえば、痔《じ》でもなければ胃《い》潰瘍《かいよう》でもない感じの下血《げけつ》がしばらく続いたことがあって、それを周りの人に話したら、すぐ検査に行けと大騒ぎしました。しかし検査は受けませんでした。これが大腸ガンであったり、悪性ポリープであっても、それはそれで構わない。私の家族は、母親が亡くなったのが四十二歳、父親が五十六歳で、弟は片方が幼いころに亡くなって、もう一人の弟は四十二歳。だから自分だけが六十歳をはるかに過ぎて生きていること自体が不思議であって、もしここで死ぬようなことがあっても、それはそれで仕方がないと覚悟したのです。

　生まれてくることについては、非常に不自由で、選択できずに生まれてくるわけですから、死ぬときぐらいは、自分で選択したい。そこでじたばたするのも選択だし、なりゆき任せもひとつの選択です。私自身は、あまり大騒ぎして死にたくないと思っています。

⑰ 生きている人間はすべて病人である

　ヨーロッパの思想では、病気に対する考え方は、根底において否定の精神から出発します。
病気を否定すべき存在だと考える。

　そういう考え方で発達したのが西洋医学、近代医療なのです。

　いまは近代医療が医療の現場に長く君臨してきたため、病気を見つけたらその病根を切除するのが当たり前になっています。病気をなだめて、それを内包《ないほう》しながら、どのように共に生きていくかということを考えることができません。

　しかし、そうした考え方は決して普遍的なものではありません。仏教の言う、人間は病気の存在であり、病気と共に仲良く生きていくのである、という考え方とは、相容《あいい》れないところがあります。

　ところが、西洋医学は、西ヨーロッパという一文化圏のものだったにもかかわらず、経済的、軍事的に巨大な影響力をもったため、世界そのものを覆《おお》ってしまったのです。人体の考え方、健康の考え方などはさまざまなとらえ方があるわけですから、西洋医学は、自分たち以外のものは認めないという対立的な考え方ではなく、常にもっと反省をもって、なぜ病気が起きてくるのかということを考えなければならないはずです。

いまこそ、私たちは病気や健康についての考え方を根本から考え直す必要があります。

私たちはむしろ病んでいるものだ。人間は、すべて病人であって、健康ということは幻想だ。今日一日、明日一日と、私たちは歯も衰え、皮膚も衰え、脳の細胞は一日に十万個ずつ死に絶えていって回復がきかない。あるいは、全身の細胞も絶えず入れ替わりつつ、分裂と死滅をくり返している。

そういう変化していく生き物、揺らぎながら生きている存在として人間をとらえればそこに画一的な、教条的な治療というものはあり得ません。

ひとりひとり全部違う。

ですから、近代の医療を、個々の人間に対して人間的に接するように、その人間のもっているイデオロギーとか、収入状態とか、家庭の状態とか、いま悩んでいる恋愛問題とか、そこまで全部考慮して、薬を処方するなり、処方しないなり、手術を受けるなり、受けないなり、ケースごとに考えないといけないのではないでしょうか。

いま必要なのは、仏教的な用語でいう〈同治《どうじ》〉、病と共に生きていくという考え方でしょう。

⑱ いまの医療に欠けているもの

「チャリティ」という言葉があります。この語源はフランス語の「シャリテ」です。十八世紀のフランス革命後に出てくる言葉で、分け隔てなく人々を癒《いや》す、という意味です。

近代西洋医学の夜明けは、フランス革命から数年先立つ、パリの病院の設立にあると言われます。そこに若き情熱に燃えた医学者が集まって、〝自由・平等・博愛〟の精神に則《のっと》って、理想的な医療をやろうと、一般大衆の治療・診療を行った。それまでの医者は、どうしても権力者のホームドクターだったから、そこから脱皮しようとしたわけです。

それが近代西洋医学の夜明けと言われています。そこで彼らが唱えたスローガンは、

「人間を診《み》るな。病気を診よ」

でした。病気を診るということは、統計学的な公衆衛生の知識も併用しながら、科学的に対象を分析し、分類することです。人間を診るなということは、その人の社会的身分とか立場とかにまったく関係なく、ひとりの病人として、病気そのものを診る。

彼らは病気そのものを治すのだという情熱に燃えていたわけです。

ところが、それから二百年の年月が経過すると、いつの間にか、「手術は成功したが、人間は死んだ」といった、病気だけを診て、その人間のバックグラウンドやクオリティ・オブ・ライフを診ないというように、風化してくるわけです。現在横行している西洋医学というものは、人間をひとつの物としてデジタルに検査漬けにする。薬品に頼る。その人間の人間としての尊厳とか、歓びとか感情とかは考えない。人間を診ずして病気だけを診るという、誤りを犯しているわけです。

しかし、欧米ではまだシャリテというキリスト教的なヒューマニズムみたいなものが失われていないようです。たとえば、アメリカの病院で入院患者が不眠を訴えたときの話ですが、日本だったらすぐ睡眠導入剤をだすでしょうが、そうではなかったという。婦長さんが「ちょっと下へ行きましょう」と言って、一階ロビーの構内で自動販売機で買ったコーヒーを飲みながら世間話などをして、落ち着いたところで「もうそろそろ寝ましょう」と言って連れて帰ってくれたという話を読んだことがあります。

西洋近代医学というのは、ひとつの姿勢です。その背後には当然のことながらスピリッツがある。それに対して日本の医療は、〝医は仁術《じんじゅつ》〟という東洋的な発想が切れているという感じがします。

⑲ 今日が最後の一日になるんだぞ、と

「死」がいまほど話題になって論議される時代は珍しい。「生きる」ということがテーマの時期もありましたけれども、最近は「クオリティ・オブ・デス」という言葉があるほど、死のほうも注目されています。

私は、これまで長く「死ぬレッスン」とでも言いましょうか、あるエクササイズを遊び半分にやってきました。寝る前に、明日、目が覚めないとしたら、それでいいだろうか、深呼吸をしながらじっくり考える。朝起きたら、今日が最後の一日になるんだぞ、と自分に言い聞かせるようにしてきたのです。

今日で自分の一生が終わる、それでいいのかということを、五分でも十分でも実感を持って考えることは、自分が死ぬということを夢にも考えなかったよりは、爪の先ぐらいは、慌てなくてすむのではないかと思っています。もっとも、いざそのときになったら、どうなるか分かりませんが。

クオリティ・オブ・デスという観点から言えば、ガンはものすごく好運な病気だそうです。

なぜならガンは、ゆっくり時間をかけて進行していくわけですから、仮にまったく治療をしなくても、ある程度は生きる。自分でトイレにも行けなくなるような状態は、死の二週間ぐらい前になってからのことで、それまでは健康なころには考えなかったことを考え、本を読んだり、会うべき人に会ったり、自分が死んだあとのことを考えたりする時間がある。心筋梗塞《しんきんこうそく》とか脳《のう》溢血《いっけつ》でバッタリ倒れて意識がなくなるより、どんなにありがたい病気であるかと思います。

私の家族は、立て続けに早く死にました。七人家族が、いまふたりしか残っていません。戦争中ということもあったけれども、死というものは本当に突然訪れるんだということを、十代の少年のころから実感として持っていました。

ですから、私自身は、自分の死を淡々と迎えられないまでも、さんざん苦労していろんな目にあって生きてきたのだから、「疲れたけれど、これで休めるか」というようなホッとする気持ちで死に臨《のぞ》めればいいな、と考えています。そして、次に何が目の前に開けてくるのだろうという期待や、明るいわくわくするような気持ちで死が迎えられるようでありたいと思います。

⑳ 世界のすべては物語だと考える

私は一九八〇年代にさしかかったころから、記録と記憶、つまりヒストリアとストーリーのことをしきりに考えるようになりました。そのことに関連して、少しずつ仏教やキリスト教、アニミズムや日本の神道《しんとう》についての関心も生まれてきたのです。

新約聖書に「初めに言《ことば》があった。言《ことば》は神と共にあった。言《ことば》は神であった」とありますが、そもそもは、「初めにストーリーありき」なのです。

たとえば、親鸞に『教行《きょうぎょう》信証《しんしょう》』という膨大な著作があります。この読書ノートのような著作を作り上げる親鸞の手つきにしても、その対象となる宗教的言説、教典は、要するに全部ストーリーなのです。釈迦の言行録もキリスト教の聖書も、後の人が「こういうことを語った、こういうことをなさった」と皆で作り上げたストーリーなのです。いわゆる記録、ヒストリアではない。

そう考えると、古事記や日本書紀、いや神話すべてをひっくるめて、歴史とか思想と呼ばれているものがことごとく物語ではないかと思えてきました。

また、最近になって、多田富雄《ただとみお》著『免疫《めんえき》の意味論』や中村桂子著『自己創出《じこそうしゅつ》する生命』などを読んで、分子生物学の取り扱うＤＮＡゲノムもひとつのストーリーとしてとらえられる時代になったことを実感したものです。ことに「生命史」を「生命誌」と、博物誌の「誌」をあてる中村桂子さんの考え方には、大きな生命の流れをストーリーとして考えようという方向があることを知り、とても興味深く思いました。

『仏教』という雑誌がありますが、この雑誌が以前「生命」という特集を組んだことがあります。分子生物学や免疫論の話題を集中的に編集してあって面白いものでした。お坊さんが門徒に向かって宿業《しゅくごう》などということを言っても、ちゃんと認識がなければ人々は納得しない、そういう時代にはいったということでしょう。科学も哲学も、生命のストーリーの中へ宗教と一緒になってなだれこみ、巨大なストーリーを描く時代になってきたように思えるのです。数学者の森毅《もりつよし》さんの話では、数学や物理学も大きな数のストーリー、エントロピーや相対性理論も時間のストーリーだと言われます。

いま、二十一世紀を目の前にして、私たちはＤＮＡから大宇宙まで、これまでの物語とまったく違った意味での大きなストーリーの世界に直面している感じがします。

㉑ 自分を信じ、自分を愛することが出発点

『仏教』という季刊の専門誌がありますが、ときどき特集に免疫論や分子生物学などが登場します。なぜ宗教の世界の人々がこのような知識を求めているのでしょうか。たとえば白血病は遺伝子と抜きさしならぬ関係にある、という科学的な事実を謙虚に認めたうえでないと、そのような決定論的世界観を超えて人間がどのようにして自由を獲得するか、という問題を論じられないからです。

一方、現代の医学、物理学、生物学の最先端を見ると、宗教、哲学の領域に踏みこまざるを得ないところまできている。たとえば、治癒《ちゆ》の可能性のない患者にどのような医療を施《ほどこ》すかという問題です。一日でも寿命を長く延ばすことがよいのか、できるだけ苦痛を感じないで安らかに逝《ゆ》く治療がよいのか。これは科学の立場だけからは判断できない問題です。

こう考えると、二十一世紀は科学と宗教が手を取り合っていく時代なんだ、という方向性がはっきり見えてきます。いまや、いちばん科学的である姿勢とは、科学で分析できないことが世の中にはたくさんあることを認める姿勢、ということでしょう。また、もっとも宗教的な姿

勢とは、物質の働きというものが人間の中をさまざまに支配していることを認める姿勢、ということです。数百年ぶりかの新しいルネサンスが起こりつつある、いまは、そういう時代ではないかと思います。

しかし世界を見渡すと各地で内戦が起こり、地球規模の環境破壊が起きています。新しい時代に入りかけているものの、世界は末期的な症状にあえいでいるようです。

そのような状況のなかで、いまひとりひとりの人間が、「自分はどう生きるのか」と問われています。それに対しては、こうつぶやくしかありません。

「自分を信じ、自分を愛することから始めるしかないのではないか」

人間はただ無為《むい》に生きるだけでも大変なことなのです。一生に誇るべきことをなしとげた人は、謙虚に感謝すればよい。もしできなくても恥じることはない。生きることそのものが大変なことです。五十年、六十年生きたという人は、もうそれだけでほめてあげてもいい。どんな人生であっても、それなりに一生懸命、必死で生き続けてきたことに違いないのです。

いまの自分はみっともないかもしれないけれど、それをそのまま肯定《こうてい》し、受け入れてみてはどうでしょうか。とりあえず、自分を信じ、自分を愛することから始めるしかなさそうです。

㉒ 低きにつく、という考え方

十九世紀の作家たち、たとえばドストエフスキーが現在もしきりに読まれるのはなぜでしょうか。彼は西欧派のインテリとしてスタートし、政治的な事件に巻き込まれてシベリアに抑留《よくりゅう》され、その流刑地《るけいち》で囚人やシベリアに住む人たちと接します。そこで、底辺の大衆が持っている前近代的な感情、スラヴ的なもの、ロシア正教的な慈悲《じひ》といった感覚に触れて、彼は魂が浄化されるのを実感し、新しいスラヴ主義者としてペテルスブルグに帰ってくるわけです。

知識人から学んだものよりは、自分たちが君臨したつもりでいた大衆から学んだもののほうが、どれだけ大きかったか分からない、とドストエフスキーは書いています。目に見える大衆の底辺に、大衆の原像というか、茫洋《ぼうよう》とした海のような広がりがあることに知識人は謙虚に気がつかないといけない。

仏には〈如来《にょらい》〉と〈如去《にょこ》〉の二種類の存在があると私は考えます。

〈如〉とは真実、真理ということですから、如去とは真理のほうへ、一歩ずつ高みに歩いていく孤独な人。みんなはそれを尊敬し、後ろ姿を拝み、後からついて行こうとする。

一方、如来は到達した真理の国からこちらへやってくる仏です。ですから、如去は背を向けて導くのに対して、如来はみんなを救うわけだから、人の方を向いていなければいけない。最大限の奉仕をして、掌《て》を差し出し、耳を傾けない人間まで抱えて、こちらを向けと言って語りかけるのが如来というものです。

親鸞《しんらん》はこの二相を〈往還《おうげん》〉と言っています。英語流に言うと、スイングということになる。

私の、最初から変わらないモットーは、低きにつくということです。雨が森に降り、木の葉のしずくから地下水となって、小さな渓流《けいりゅう》になり、そして低いところへ流れ、汚れた水も濁《にご》った水も混じって大河となって海に注ぐ。自分をそういう大きな川の流れの一滴と考えると、それは低きに向かう流れそのものなのではないかと思うわけです。

低俗という言葉があり、高級という言葉があって、高いのは立派だけど、低いのはいけないという考え方がある。それから、乾いたユーモアというのはほめた言い方で、濡れた叙情《じょじょう》というのはあまりほめられない。近代主義は、情緒的だったり感情的であることを厳しく拒否してきました。しかし、乾いた心が地下鉄サリン事件を生んだのではないでしょうか。

㉓ 四つの「思うに任《まか》せぬこと」を背負って

価値観が喪失《そうしつ》した大世紀末をどのように生きぬくかは、いま、誰にとっても大きな問題でしょう。

かつて、坂口安吾《さかぐちあんご》は『堕落論《だらくろん》』を書いて、「人は堕《お》ちよ、堕ちて生きよ」と言い、田村泰次《たむらたいじ》郎《ろう》は肉体主義を唱えて、「肉体の原点に返れ」と主張した。太宰治《だざいおさむ》は『人間失格』を書いて、まず一から出直そうと考えました。また、サルトルは実存主義を唱え、存在を見つめる思想を深めた。信じるべきものが目の前に見えないときは、人は原点に立ち返るのです。現代がちょうど同じ時期です。そうした人間としての自覚、人間の原点への回帰が必要とされているのです。

いまから二千五百年以上も昔、北インドでひとりの青年が人間とはどのような存在であるかについて悩んだ。恵まれた環境にあった彼が最後に辿《たど》り着いたのは、〈生老病死《しょうろうびょうし》〉という原点でした。人間は四つの「思うに任せぬこと」を背負っているという結論です。

この青年が、後のゴータマ・ブッダ、すなわち釈迦《しゃか》です。仏教は、マイナスからの発想です。

生まれ出《い》づること、老いてゆくこと、病を得ること、そして死んでゆくこと。これだけは、どんなに科学が発達しようとも、人間にとって変わらない真実である、と考える。

つまり、「死」から「生」を考える。「病」は人間の同伴者だと認める。「老い」を自然のリズムとして受け入れる。そして「死」を無理に遠ざけない。それはまさにネガティブ・シンキングと言っていいでしょう。

そういう考え方ができるか、できないかは、自分で何かをがんばるということではありません。そう考えようと頭を楽に切り替えるだけでいいのです。

釈迦は生まれるやいなや、東西南北の四方にそれぞれ七歩あるいて、右手をあげて天を指さし、左手を下げて地をさして、〈天上天下《てんじょうてんげ》唯我《ゆいが》独尊《どくそん》〉と、声高らかに宣言したと伝えられています。もちろん、これは真理を伝えるための物語です。この言葉には、いろんな解釈の仕方があります。世間にはそれを、世の中で自分だけが尊く、偉いんだ、と理解する人も少なくありません。

しかし、私はこれを自分流に次のように解釈しています。「自分の価値は他人との比較によって決まるものではない」と。この世の中で、自分の価値を決めるのは、あくまでも自分であって、他人に決めてもらったり、他人との比較で決まるものではありません。自分は〈生老病死〉を背負った世界中でただひとりの人間だという自覚が必要です。

㉔ 本物のプラス思考は、究極のマイナス思考から

二千数百年前、ゴータマという青年は人生を、〈生老病死《しょうろうびょうし》〉という四つの思うに任せぬこととしてとらえました。生まれてくることは思うに任せぬことであり、老いも避けられない。人間は病を得る。そして死も否応《いやおう》なしに迎えなければならない。人間は自分の意志とか、努力とかではどうしようもない生老病死を背負って生きていく存在である。文明が進歩しようと、時代が変わろうと、民族が異なろうと、これは人間の共通の運命的な条件である、こう考えました。

こういう考え方は徹底した〈究極のマイナス思考〉であると思います。

では、そういうものを背負った人間が、それでもなお生き生きと希望を持って生きていく道はあるのか。後にブッダと呼ばれる青年がこういう魂の探究の旅に旅立ったのが二十九歳のときでした。彼は家族を捨て安逸《あんいつ》な生活を捨てて出家します。

彼は究極のマイナス思考から出発して、最終的に人間の存在を肯定し、ブッダ（悟った人）と呼ばれるにいたったわけです。彼の言葉が人々の心を打つのは、究極のマイナス思考から確

かなプラス思考をつかみだしたが故《ゆえ》ではないでしょうか。

これまで言われてきたプラス思考と呼ばれているものは、じつは安易な楽観主義であり、漠然とした希望であって、本当に生きる力になるようなものとは思えません。本物のプラス思考は、究極のマイナス思考と背中合わせなのではないか。

いまはまず、直面する現実、大きな魂の危機を直視することから始めなければならない。私たちが問われているのは、「人間とは何か」だけを一生懸命に追究することではありません。「この状況の中でどうすればいいのか」こそが、問われているのです。

たとえば、多額の借金を抱えてどうにもならない状況に陥《おちい》ったように感じることがあるかもしれない。しかし、じつはそれはどうにもならない問題ではない、と考える。自己破産を選択するのもひとつの方法だろうと思う。人から蔑《さげす》まれ、体面や信用が壊れるかもしれない。家庭も崩壊するかもしれない。それでも、離婚してもいいから、家出してもいいから、人は生き延びるべきだと考えます。

マイナスの勇気、失うことの勇気、あるいは捨てることの勇気。現実を直視した究極のマイナス思考から、本物のプラス思考が出てくるのです。

㉕ 人生の峠にたたずんで考える下山の道

インドには古くから、人間の一生を四つの時期に分ける考え方があるそうです。最も若い時代は〈学生期《がくしょうき》〉と言い、これは社会に出るまでの準備期間を意味しています。現在に当てはめてみれば、二十代の前半までと考えていいでしょう。

次が〈家住期《かじゅうき》〉。家族を支え、社会に貢献する時期ですから、日本で言えば働き盛りの壮年にあたります。その家住期を通過した後が、〈林住期《りんじゅうき》〉です。ひとりになって自然の中で自分の来し方行く末、人間とは何かを考える。生臭い俗世間から離れて自己と対話し、宇宙の中のちっぽけな存在である人間の姿を凝視する。そういう時期をインドでは林住期と呼ぶそうです。

人生の第一線からリタイアするこの時期をいつとみるか。林に住むという言葉からは『方丈《ほうじょう》記《き》』の鴨長明《かものちょうめい》を思い起こすことができます。鴨長明と聞くと一見、非常に若くから世捨て人だったように思われがちですが、彼が都を離れて山の中に庵《いおり》を結んだのは五十歳の頃です。欧米でもそうですが、六十歳、七十歳まで現役で働くという考え方は一般的ではありません。結婚して子育てをし、社会に貢献して営々と働く期間は五十歳ぐらいまで、と考えるのが一般的です。

つまり、五十歳を過ぎれば晴耕雨読《せいこううどく》の人間らしい生活、内面生活に親しむべきだ、ということでしょう。

そして林住期を過ぎ、そろそろ天寿《てんじゅ》をまっとうする日も近いと悟った後を〈遊行期《ゆぎょうき》〉と言います。お遍路《へんろ》の時期と考えればいいでしょう。聖なる川のほとりに行って死を待つ。そのために家も財産も放り出して、頭陀袋《ずだぶくろ》ひとつで放浪の旅に出る。それは死出の旅と言っていいと思います。

なぜ、こんなインドの話を持ち出したかと言いますと、いま私たちが生きているこの時代は、先が見えない時代だからです。これまで高度成長一本やりで突っ走ってきた時代とは違って、今度は少しずつゆっくりと坂道を下りていく時期にさしかかっていると言えるでしょう。

登山というのは、登るだけではなく、無事に事故を起こさず下山するのも大事な仕事です。

美しき下山というか、実り多き下山といいますか、そういう人生の峠道にたたずみ、今度はゆっくりと成熟した豊かな下降をどう人間的に充実してやっていけるか、というのがいまのテーマではないでしょうか。

㉖ 目に見えない大きな宇宙の力

ある有名な女性の運動家と対談する機会がありました。彼女はオリンピックなどの世界大会に出場する経験の中で、世界の超一流の選手たちと集まって食事をしたり酒を飲んでわあわあ喋《しゃべ》ったりする機会が、たびたびあったそうです。

あるときに誰かが、「いや、あのときの演技は、自分がやったのではなく、神か仏か、自分を超えた力が後押ししてくれたとしか感じられなかった。本当にいい演技ができたとき、高得点が出たときというのは、そういうものじゃないのかな」と言った。そして、全員がその通りだとうなずいたそうです。

ずいぶん前のことになりますが、具志《ぐし》堅幸司《けんこうじ》という体操の選手が、一九八四年（昭和五十九年）のロサンゼルス五輪で個人総合優勝を成し遂げたとき、演技後のインタビューで、興奮し、上擦《うわず》った声で、「いやもう、信じられません。自分がやったとは思えない。神か仏か、そういうものが力を貸してくれた。そうとしか考えられません」と夢中で喋っているのをテレビで見たことがあります。

考えてみますと、自分の能力で何かことを成し得たというのは、ほどほどのものであって、本当は何か見えない力が背後から後押しをしてくれているという感覚がなくてはできないのではないでしょうか。

仏教には、〈他力《たりき》〉という考え方があります。

他力という考え方は、ひとつの宗派だけの考え方ではありません。瀬戸内寂聴《せとうちじゃくちょう》さんは比叡山で修行された方ですが、その瀬戸内さんとお話をしていたとき、こう言われました。「人のいきつくところは、やはり他力という感覚かもしれませんね」と。

他力とは、目に見えない自分以外の何か大きな力が、自分の生き方を支えているという考え方なのです。

自分以外の他者が、自分という存在を支えていると謙虚に受けとめることが重要なのです。他力とは言葉を替えると、目に見えない大きな宇宙の力と言ってもよく、大きなエネルギーが見えない風のように流れていると感じるのです。

自分ひとりの力でやったと考えるのは浅はかなことで、それ以外の目に見えない大きな力が自分の運命にかかわり合いを持っている。

それは運命論でもなければ、宿命論でもありません。人はそれを知るとき、自己を超えた大きな自由を感じるのです。

㉗〈諦《あきら》める〉ということの意味

戦後五十数年たったいま、前例のない時代が始まったようです。

そのひとつが、自殺者の激増です。フランスでも自殺が大問題になっているようです。『週刊読書人』に連載されている王寺《おうじ》賢太《けんた》氏の「パリ文芸通信」によれば、一九九六年の統計で、一万一千二百八十人とか。同じ年、日本では二万三千百四人です。日本は人口も多いけれども、それでもフランスの二倍以上の数字です。そしてこの数は九七年が二万四千三百九十一人、おそらく九八年には二万五千人を超えるのではないかと私は思います。

いまは未曽有《みぞう》の命の軽い時代のようです。そして自殺も、理由の不可解な死が多い。自分の生命、存在がいとおしい、大事なものであるという感覚が非常に薄らいでいるのではないでしようか。そのことは、自分の存在が「透明」だという言葉に鮮やかに象徴されています。「酒《さか》鬼《き》薔薇《ばら》」と名乗る少年の文章が社会にショックを与えたのは、じつはみんなが感じていることを、ああいうグロテスクな表現でずばりと言われたことにあるのではないでしょうか。

自分の生命が軽いということは、他人の生命も軽いということです。

いまは平和で爆弾も落ちないけれど、失われていく一般市民の生命の数は戦争の時期に劣らない。

阪神・淡路大震災は戦後最大の被害でしたが、年間に二万四千人以上の自殺者が出るということは、毎年四回以上、阪神・淡路大震災が起きていることになります。

私はこの十年間、〝心の内戦〟という表現で自殺の問題に触れてきましたが、いま生命の濃密な充実感がまったく失われていることを痛感せざるをえません。自他ともに生命の存在感が非常に希薄《きはく》になって、命の尊さを語る宗教家や教育家の言葉が人々の心に全然届かない、そういう状況のように思います。

なぜそうなったかは一言では言えませんが、たとえば、〈諦《あきら》める〉ことが少なくなったからではないかと思います。

諦める、というのは、物事を消極的に、後ろ向きに受けとめることではなく、言葉の本来の意味「明らかに究《きわ》める」、勇気を持って現実を直視する、ということでしょう。

見たくない現実を、認めたくない事実をリアルな目で直視する。これが諦めるということです。まずきちんと認める、確認するという、その作業から出発しなければならないということです。

㉘「透明な存在である自分」へのいらだち

神戸の酒鬼薔薇《さかきばら》という少年が書いた「透明な存在である自分」という表現を読んだとき、私は小説家として正直、どきりとしたものです。この文章は、いまの時代の人間が抱えているいちばん重い病の状況を鋭く指し示しているような気がしました。

はじめてドストエフスキー的な犯罪というか、形而上学《けいじじょうがく》的な感覚で殺人が起きた、そういう時代が始まったのだと思ったのです。

免疫学者の多田富雄さんは、『免疫の意味論』の中で、免疫の本来の意味は、たんに異物を排除するだけではなく、非自己を排除するために、まず自分とは何か、というアイデンティティを確立する働きだと語っています。免疫が低下すれば、存在としての自己を規定する力が弱まってくる、自己が透明化して崩壊する不安に直面することになるのではないでしょうか。

酒鬼薔薇という少年には、精神的な免疫不全症候群《めんえきふぜんしょうこうぐん》が現れているのではないかと思います。自己と非自己の区別がつかなくなれば、自己免疫が起こってしまう。自己を攻撃すれば自殺になりますが、反対に非自己に対して過激に反応すると殺人が起きるのかもしれません。私たちの社会はいま精神的な免疫不全症候群に陥《おちい》っています。「透明な自分」というのは、まさにこの症候ではないでしょうか。

現在の少年犯罪の動機は、貧困とか病気とか、怨恨《えんこん》とか憎悪《ぞうお》とかではありません。あるのは透明な存在である自分へのいらだちです。自己の存在が空虚《くうきょ》になっている。日々を生きていても、どうでもいいように感じられる。

最近は東京の大病院の外科手術チームの人たちが大きな手術にかかる前に『歎異抄《たんにしょう》』を読んだり、京都のお寺さんの若い僧侶がしきりに免疫や遺伝子といった本を熱心に読んでいる話を耳にします。デカルト以来、科学は物の世界に関わるもので、魂が持つ意味は宗教に任せようと、棲《す》み分けが行われてきました。それがいま、再びおのずと越境し始めてきているという背景があります。その理由は、いろいろな場面で、従来の医学や宗教では、説明できない問題に直面しているからです。

「いのち」と「こころ」の問題が一体となって問われているのです。酒鬼薔薇事件がそれを暗示しているとも考えられます。

㉙ 人生は自分で放り出すほどにはひどくない

最近は、子供や若い人にも自殺が増えています。子供たちにとって「死」という言葉が軽くなったということは、「生」の実感も軽いということだと思います。生の実感が軽いから、リアリティを感じられない。ですから、自殺者数と他殺の数は比例するというのが私の考え方です。自分の命を軽く扱える社会は他人の命も軽く扱える社会である。そう考えると、いまは生のリアリティがすごく希薄になっている時代だと思うわけです。

どうしてこうなったのか。

コンピューターは0と1の世界ですから、ちゃんと扱えば答えてくれる。また、自動車がこれだけ普及しているのも、扱い方さえちゃんとすれば意のままに動くからでしょう。しかし、人間はそうはいかない。ですから、人間とつき合うよりも、自動車に乗り、コンピューターを動かし、ゲーム機をいじっているほうが、自分の意に忠実に応えてくれるから楽でいいという感覚があるのではないでしょうか。

そして、人間同士の接触がますます少なくなっていく。

いま、私たちを取り巻くものは、食べ物にいたるまで、モノとしての実感が希薄になっているような気がします。「いまの世の中は」などと言うと年寄りの繰《く》りごとみたいになりますが、それでもあえて言うと、昔の卵といまの卵とではどちらがいいかと言えば、昔のほうがよかった。卵らしい卵だった。第一、色が違います。

昔の卵の黄身はオレンジ色に近い黄色で、皿の上に落とすとぷっくり持ち上がって、スプーンでつぶそうとしてもなかなかつぶれなかった。それぐらい力強い卵だった。

水も悪くなっている。空気もまずくなっている。ミカンだって、ハウス栽培ものが多い。日差しをたっぷり吸収して金色に輝いていたミカンではない。果物ひとつとっても、自然の中で生きている実感がこもっていないのです。

いまの中学生、高校生に「人生は喜びと希望に満ちている」と言っても、たぶん届かないでしょう。むしろ、「人生は自分で放り出すほどにはひどくない」という言い方のほうがましかもしれません。

まず生きていること、存在することが大事です。苦しみの多いこの世の中に、生きているだけでもすごいことなのですから。

㉚ 物語をつくる想像力がキレた結果が

子供たちは、以前は暮らしの中でいろいろな物語を聞き、頭の中に物語がいっぱいつまっていました。しかし、いまはそれが乏しくなっています。

物語を豊かに持っている子供は、ナイフを取り出した瞬間に、刺してどうなるかというストーリーが一瞬のうちに浮かぶはずです。その想像力によって、これまでキレることが抑止されてきたのではないでしょうか。

キレるというのは、物語をつくる想像力が切れるということです。テレビのコードを引き抜いたように、一瞬、画面が消えてしまい、空白の瞬間が生ずる。

物語の根は想像力にあります。そして物語性がその人を支えている。人は過去と未来の時間的連続の中に自分がいることを感じ、社会的連続の中に存在することを確認しますが、その縦軸と横軸を作り上げるのが物語です。物語が切れると自分の定点が持てなくなります。

そこを切りぬける簡単なマニュアルはありません。しかし、たとえば安易なプラス思考からマイナス思考のどん底まで降りていって覚悟を決めるのもひとつの選択です。

本当のプラス思考は、その中から出てくるのだと私は考えています。ブッダの〈生老病死《しょうろうびょうし》〉という考え方は、それこそマイナス思考の極限です。それでもなお、ブッダは生の不条理に枠づけられた人間が、生き生きと豊かに生きる道はあるのかを求めて探究の旅に出発し、最期に人生や宇宙を肯定しながら死んでいった。

いま私たちは、戦後の原点に戻ってみてもいいのではないでしょうか。

この世は、鳥は歌い、花は咲くパラダイスではなく、苦しみと絶望と挫折《ざせつ》の連続です。人は泣きながら生まれてきます。すべてに期待しない。こういうふうに覚悟を決めたほうがいいと思うのです。もしそこに、意外な触れ合いや共感に巡り合ったとき、それは奇跡的なこととして感激すればよい。

もしも、自分の命を誇大に考えず、大きな流れの中の一部にすぎないと感じることができれば、自分の愚かさ、卑小《ひしょう》さをおぞましく思いつつも、その中に自己の存在をいとおしむ気持ちが生まれてくるかもしれません。

そのとき自分の定点が見つかり、そこから物語が描ける可能性が生じてくるのです。

㉛ 本心をひた隠しにして生きている人々

若い人たちからの読者カードを読んでいて、とても印象深かったのは、ある高校生からのものでした。

自分は家庭環境も悪いし、生まれつきの性格もそうで、内向的《ないこうてき》で陰気な子供であった。在学中は、自分とよく似た性格の子が、あいつは暗いやつだといってクラスのいじめの対象になっているのを見て、恐怖を覚えた。あんなふうになってはいけないと思い、明日学校に行ったらどんな面白いジョークを言って、みんなを笑わせてやろうか、どんな滑稽《こっけい》な失敗をして、みんなから面白いやつだと言われようかと、布団のなかで、いろいろなプランを練り、シナリオを書き、おまけにリハーサルまでした。翌日学校に行って、前の晩に考えたことを実行して、幸い、いじめの対象になることを免《まぬが》れたばかりか、あいつは面白いやつだと人気者になり、学生時代を過ごしてきた、と言うのです。

しかし、もう続かない、これ以上続けていく元気がなくなった。自分の素顔を隠して仮面をかぶって生きていくことに疲れた、だから、学校をやめよう、と。

私はこれを読んで、なんてかわいそうな時代なんだろうと思いました。この学生は私の本を読んで考えをあらため、通学は続ける決心がついたそうですが、若者たちが自分の本当の感情や思いを外に出せないで、機嫌のよさそうな顔を取り繕《つくろ》って生きている。

あいつはダサイだとか、根が暗いとかいって攻撃されるのがいちばん怖いばかりに、本心をひた隠しに閉じこめて生きている。

これがいまの社会的諸悪の根っこなんだと思います。

喜《き》怒《ど》哀楽《あいらく》を正直に口にすると、嫌われる。くだらぬものでも「結構です」と言わなければならない。

たとえば、老人手帳の第一条に、「愛される老人になりましょう」とあり、怒りたいときも怒らずに、けなしたくてもけなさずに、いつもニコニコいい老人というのが理想的な老人像とされています。第二条に「誉《ほ》め合い運動のすすめ」などもある。とにかく誉め合えばみんなハッピーというわけでしょう。

これは、戦争中からの教育の継続です。自分の感情を正直に出さない少年たちの育成こそが教育目標だったし、そういう人間像が「望ましい少年像」「国民像」だったのです。感情表現の豊かな人間は邪魔になるばかりで、生産力にはつながらないからです。そういう意味では、いまの若者は規格人間養成教育の犠牲《いけにえ》であると言えます。

㉜ 先生も親もやわらかな心が欠けているのでは

最近、子供のいじめの問題や自殺が増えるなど、いろいろなことが次々に起きています。そこに何が欠けているかというと、いじめる子供にも、いじめられる子供にも、それから学校の先生にも親にも、感じやすいやわらかな心ではないかと思います。

親鸞は自分の新しい宗教的回心《えしん》を体験したときは、夢の中で聖徳太子の化身《けしん》に出会ってお告げを受けます。

それほど、眠ること、夢を見ることは人生にとって大事なことです。目を覚まして活動的に動いているだけが人間的な暮らしではない。たとえば、本当に集中度を高めるには、弛緩《しかん》というか、やわらかさが必要なのです。

老子《ろうし》は、赤ん坊は体がやわらかい、老いていくと人間はかたくなって、死ぬと体が硬直する、やわらかさが大事だとくり返し言っています。それほど、やわらかいことは、重要なことなのです。

ところが、いまの日本の社会では、物の見方や価値観がかたよっています。一方しか見なかったり、一点しか見なかったりしている。女性的なものに対する偏見もすごい。また、知的なものに対しては高く評価するのに対して、情とか涙とかをとても嫌う。

情というのは、じつに大事なことなのです。

よく情報と言います。けれども、いま流れている情報は情報ではありません。情報というのは、悲しみとか怒りといった〈情《じょう》〉がしっかりこもっていなければいけない。けれども、一般に言われている情報というのはたんなる数字です。

本当の情報は人から人へ伝えられます。

コマーシャルのコピーで「インターフェース」などと言っていますが、本来はそれはとても大事なことで、それを訳すと〈面授《めんじゅ》〉という言葉にもつながってくる。とくに宗教と信仰などというものは、本や議論で伝わるものではなく、人間対人間の関係で、ひとりの人間からひとりの人間に面授する、その人間がまた誰かに伝える、というふうにして、人間の鎖のように伝えられていくのだと考えられています。

いま宗教が大事だとか、信仰を取り戻そうとか、いろいろ言われていますが、それができるかどうかは、この人ならついていって自分は後悔しないと思うような人と出会えるか出会えないかに尽きるでしょう。言い換えれば、〈情〉のこもった情報を伝える相手に巡り合えるか、また、その情報を受け入れるやわらかい心を持っているかどうか、ということです。

㉝〈悲〉という感情がものすごく豊かな人

〈悲〉とは、サンスクリット語で〈カルナー〉と言い、溜息《ためいき》、呻《うめ》き声のことです。他人の痛みが自分の痛みのように感じられるにもかかわらず、その人の痛みを自分の力でどうしても癒《いや》すことができない。その人になり代わることができない。

そのことが辛くて、思わず体の底から「ああ……」という呻き声を発する。その呻き声がカルナーです。

それを中国人は〈悲〉と訳した。

何も言わずに無言で涙をぽろぽろと流して、呻き声を上げる。何の役に立つのかと思われそうですが、これが大きな役割を果たすような場合がある。

「病気の人、悩みを持っている人の心の痛みや苦しみは、それは他人に伝わらない。この痛みは自分だけが感じているんだと思ったときに二倍も三倍も大きくなっていくのだ」

遠藤周作さんはどこかでそう書かれていました。閉ざされた悲しみ、閉ざされた痛みというのは二倍にも三倍にも大きくなる。

孤立した悲しみや苦痛を激励で癒すことはできません。そういうときにどうするか。そばに行って無言でいるだけでもいいのではないか。その人の手に手を重ねて涙をこぼす。それだけでもいい。深い溜息をつくこともそうだ。熱伝導の法則ではないけれど、手の温《ぬく》もりとともに閉ざされた悲哀や痛みが他人に伝わって拡散していくのです。

仮にオウム事件のようなことがあって、息子が刑に服することになったとする。慈悲に満ちた父親であれば「がんばれ！　自分の罪を償《つぐな》って再起して帰ってこい。私たちはいつまでも待っている。一緒に手を携《たずさ》えて新しい未来に向かって歩いていこうじゃないか」と励ますかもしれない。

では、昔の母親であったらどうか。「なぜこんなことになったの？　これからどうするの？」と問い詰めるようなことはいっさい言わないだろう。ただ黙ってそばで涙を流して息子の顔を見つめている。お前がもしも地獄に墜《お》ちていくのだったら自分も一緒について行くよ、という気持ちで手に手を重ねてうなだれている。

じつはこうしたことが人間の心の奥底にいちばん届くのです。がんばれと言っても効かないぎりぎりの立場の人間は、それでしか救われない。それを〈悲〉と言います。

蓮如という人は、生来《せいらい》この〈悲〉という感情がものすごく豊かでした。

㉞ 自殺と他殺は背中合わせの関係

自殺というのは生きる苦しみから逃れるために、ふっと死の側に移行するということです。それがたやすくできてしまうのは、一個の生命、自分の存在というものが貴重だとか、得がたいものだという実感が薄いからではないのでしょうか。

かけがえのない命というものへの実感、命の重さに対する感覚が希薄だということを別の言葉に置き換えると、それは「透明な存在である自分」というような表現ができると言ってもいいでしょう。

あの酒鬼薔薇少年の表現を「継ぎはぎだらけの青臭い文章」とか「劇画チック」と批評する向きが多い。しかし、継ぎはぎだらけであろうと、劇画チックであろうと、プロの小説家である私が読んで、文中の「透明な存在である自分」という表現は動かしがたい実感がある。時代の実感というものがそこに潜《ひそ》んでいると感ずるのです。

それをわずか十四歳の少年が語ったことに、人々は薄ら寒い、何とも言いがたいショックを受けた。目を背《そむ》けたい真実を見せられたような気がするのです。

自己の生命の重さが感じられない。それが時代の実感でしょう。そして、自分の命の尊さに実感がないということは、イコール他者の命も同じような重さでしかない。

ですから、自殺と他殺とは紙一重どころか、背中合わせの関係にあるということです。「どうも最近は、凶悪犯罪が多いね」と、溜息まじりに話をすることがよくありますが、それは自殺の増加と無関係ではない。むしろイコールの関係だと思わざるをえないのです。ふっとみずからの命を絶ち、軽々しく他者の命を奪う――私たちは戦争中に勝るとも劣らない、死と隣り合わせの時代に生きているのです。それを平和と呼べるのか、ひょっとしたら、私たちは平和という白昼夢《はくちゆうむ》の中にいるだけではないのか。

古い仏教の言葉で〈横超《おうちょう》〉という言葉があります。問題を解決しようとしてまっすぐ進んでいったときに、どうしても突破できない高くて厚い壁があったとする。そうした際に、いったん曲がって横に逸《そ》れてみる。壁の前で座り込んで挫折するのではなく、一度大きく遠回りしたり、壁の下を掘り進んでみるという考え方です。

深刻な悩みを抱えて、もう死にたいと思い詰めている人たちは、この〈横超〉という考え方を是非思い起こしてほしいのです。

㉟ たったひとりの自分が廃墟に孤立して

恐らく、阪神・淡路大震災を経験した後、私たちは心のどこかで、モノというものは頼りにならない、ということを確かに感じていると思います。そしてふっと「心の大事さ」などということに気づき、「宗教」などのようなものがあったらな、と思っているところへ地下鉄サリン事件が起きた。モノも頼りにならないけど、心も危ない。次に閃《ひらめ》いたのが、哲学という言葉でした。

月並みな言い方をすれば、外側の世界は頼りにならない、頼りになるのはこの自分だけだという考え方だろうと思うのです。かけがえのない自分、たったひとりの自分、それが廃墟のような世界に孤立して生きている。

ここから海へ向かって歩いて行くのか、山へ向かって歩いて行くのかわからないけれども、とりあえず生きていかなければいけない。そう感じて自分とは何か、と見つめ直したとき、頼りない小さな体と、傷つきやすい心を持ったか細い自分というものが浮かび上がってきたのではないでしょうか。

私はかつて、リュビーモフという著名なユダヤ人演出家に会った際、「生きるということは、蟻《あり》のように生きることと同じか」と、詰問《きつもん》されたことがあります。『ハムレット』を演出したとき、彼が、ハムレットが悩んだ「いかに生きるべきか」というテーマこそ現代のテーマであると言ったのに対して、私はこう反論したのです。「いかに生きるべきかを悩める人間は幸福です。アフリカをはじめ世界のいたるところで、とにかく今日を生きる、明日を生きるということに汲々《きゅうきゅう》として、いかに生きるかなど考えられない人々が無数にいる。そのこと自体が現代のテーマではないでしょうか」と。

彼は、「それは違う」と言下《げんか》に断じ、そして、「五木さんは、蟻のように生きる命にも価値があると思うのですか」と訊《き》いてきたのです。私は、「当然でしょう」と答えました。

人間の中で善と悪が共存しているように、「よく生きること」と「生きて存在すること」もまた、二重螺旋構造《にじゅうらせんこうぞう》の形をとって共存している。それに対して、人間らしく生きなければ生きる資格がないと一方的に断定するのは、間違っている、人間の生命は、いかに人間らしく生きるかという方向を志向する本能的な力を持っているのだ、と私は考えています。

廃墟のような世界に孤立している人間にとっては、まず生きて存在することが大事なのではないでしょうか。

㊱ 自分自身すら愛することができないとき

「人が社会で生きていくには、愛が必要である」
とある思想家が語っているのを本で読みました。では、どうすればその愛を獲得できるのか。彼は、「愛はナルシズムから始まるのだ」と言います。私たちはナルシズムを自己愛と翻訳していますから、何か自分だけが可愛いというエゴイスティックな愛がナルシズムだと思いがちですけれど、その著者は、「自分を愛せない人間は、他人をも愛せない」と言っています。さらに、「自分を肯定できない人間は、他人も否定する。自分を愛せない人間は、他人をも嫌い憎悪《ぞうお》する」、だから「我々はナルシズムという幼い愛からでも出発し、それを社会的な愛に発展させていくしかない」と語っているのです。

この論法を借りますと、自分の生命を希薄に感じる、自分の命の重さが感じられないということは、すなわち他者の生命の尊さも実感できないということです。自殺の増加や、自損や他損の交通事故の多発は、じつは背中合わせであると言えます。

自殺の増加と凄惨《せいさん》な犯罪の多発は表裏一体《ひょうりいったい》で、今後、ますますこの傾向は強まっていくに違いありません。

　その根源は、自分の存在、自分自身をすら愛することができなくなった人間の増加、この健《けな》気《げ》な命という実感の喪失《そうしつ》にあるのではないでしょうか。酒鬼薔薇少年の言う「透明な存在」というのは、自分の存在が実感できない、影が映らないということです。このことを年代的に考えてみますと、戦前の五十年と戦後の五十年、合わせて百年間という日本の歴史が、一貫して戦争の論理で支配されてきたことが大きいのではないでしょうか。今日の銀行法から経済機構、統制・規制の類《たぐい》まで戦時経済の残骸《ざんがい》と言いますか、それが現在もそのまま尾を引いて生きている。

　明治から大正にかけての論客で、『日本風景論』を書いた志賀《しが》重昂《しげたか》は、海外視察から帰ってきて、「取りあえず国家国民の第一目標は生産力の増強だ」と言って、周りから顰蹙《ひんしゅく》を買いますが、生産の論理はまさしく戦争の論理ですから、生産や戦争に必要な人間が望ましい人間像となります。それはどんな人間かと言いますと、猪突猛進《ちょとつもうしん》、足元を見つめたり後ろを振り返ったりしない。暗くなく、悲嘆せず、前向きで、積極的な人間。しかも身体が健全で頑強であること、そういうプラス思考タイプの人間でなければいけない。

　そしてその考え方が、いまにいたるまで、続いているのです。

㊲ 深く悲しむ人ほど強く歓ぶことができる

人間が自立して生きるためには、まず自分の中に埋もれているさまざまな感覚を呼び覚ますことが必要です。

そのひとつが五感です。日本人は古来より五感を大切にしてきました。たとえば、手触り。愛用の道具や着物などは手触りがいい、手触りが悪いなどを評価の基準にしてきました。

しかし、現在はそうした感覚は顧《かえり》みられていません。プラスチックやガラス、軽金属などが氾濫《はんらん》していて、触るという感覚が著《いちじる》しく低下しています。さらに、においや味に鈍感な若者が急増しているらしい。こう考えてくると、人間に本来具《そな》わっている五感の能力低下は限界まできていると言っていいのではないでしょうか。

五感を磨《みが》くことと同じように大事なことは、強く歓び、深く悲しむということです。

人間は大いに笑い、大いに涙を流せばいいのです。深く悲しむ人ほど強く歓ぶことができる。たくさん涙を流す人ほど大いに笑うことができるのです。

人はときには、憂鬱《ゆううつ》でどん底まで深く悩み、絶望しますが、そうしたことも人間の精神を支える重要な要素のひとつです。

　これまでサラリーマンの多くは企業社会の中だけでなく、日常生活の中でも、「これはマイナスである」「これはいけない」といったタブーがあって、それにがんじがらめになってきたような気がします。その挙げ句、目標だけ重視して、その目標を達成できないと、だめな人間だと思い悩み、結局は避けるべき、自己嫌悪・絶望・ノイローゼになることも少なくありません。

　ストレスという言葉があります。最近では、適度なストレスは体によく、過度なストレスは体に悪いと言われますが、単純に大きなストレスは悪くて、小さなストレスは良い、ということではありません。

　ストレスは、その両面を持っています。強く、深く、すすんでストレスを背負うような緊張感が人間には大事であり、その一方で、ストレスを吹き飛ばすほどの心のゆとりを持たなければなりません。

　自分の欠点やマイナスを気にせず、振幅の大きい、自由で生き生きとした人間の感情の発露《はつろ》が、日常生活のうえにもプラスになり、社会生活のうえでも大きな信頼となって跳ね返ってくるのだ、と考えることが大切でしょう。

㊳ 強く悩み迷うことから本当の確信が生まれる

精神というものは、思考や記憶というふうに受けとられがちです。しかし人間には感情というものがあります。感情というのは非常に揺れ動き、とらえどころのないものです。また、感情というのはこれまで、思考に比べて一段低いものとして見られてきました。

ベルクソンの『笑い』というエッセー集がありますが、一般に笑いは涙に比べて高く見られています。なぜかというと、笑いは知的なものと考えられているからです。笑いの背後に知的なものがあるということです。これは演劇の世界では常識でしょう。喜劇は悲劇に比べてはるかに高く位置づけられている。ましてお涙頂戴のメロドラマなどは下の下だといまでも考えられています。

涙と笑いを比べると、涙がたいへん通俗的、大衆的であり、笑いというのは非常に高尚《こうしょう》な洗練されたものだから、という考え方があります。

笑いは精神的で知的で、涙は感情的で盲目的だと思われているわけです。

だから感情的な人というと悪い評価になります。精神的な人というと、逆に高い評価となる。

私たちが笑ったり歓びを抱いたりすると、免疫系の細胞の働きが活発化するということは以前から指摘されていることです。それに対して、悲しむとか泣くとか、あるいはしんみりするとか憂《うれ》いに沈むとかいうことは、それらとは逆のマイナスのことだと思われてきました。

しかし、そうではないのだということがハッキリしたのが最近の脳研究の一大発見です。

つまり歓びを感じ、生き生きと笑ったりすることと同じように、人間が本当に悲しんだり、涙を流したりすることも免疫系の細胞の働きを活性化することが最近の科学で立証されてきたのです。

ということは、どっちが上か下かということではなくて、本来は楕円《だえん》のふたつの中心のように左右にあるべきものだ、ということでしょう。大事なことは、強く歓び、深く悲しむということです。大いに笑い、大いに涙を流せばいいのです。感情の自由な振幅こそが大切なのです。

深く絶望する人間にしか強い希望は摑《つか》めません。強く悩み、強く迷う人間にしか本当の確信は得られないのです。

㊴ ひとりぼっちだという疎外感

これまで、笑いとかユーモアは高級であり、涙とか泣くということは、封建的《ほうけんてき》で前近代的なものだと言われてきました。メロドラマチック、お涙頂戴、新派《しんぱ》悲劇的という言い方で、戦後五十年間、社会は人間の内なる情感を圧迫し続けてきたのです。

いまはテレビやステージをひっくるめて、笑いの全盛時代ですが、日本人は、本当に悲しむということを失い、涙をばかにするようになってからだめになったのかもしれない、と思います。

かつて『昭和枯れすすき』という歌がありました。あの「貧しさに負けた……」というみじめったらしい歌声を聴くと、奇妙な感覚がありました。ここに自分たちの根がある、という感じと、いや、そんなものはもうまっぴらだ、という抵抗感。中には自分たちがやっと築き上げた豊かさの背後に、ひょっとしたらこんなものがあるのかもしれないという嫌悪感をもって、耳をふさいだ人も多かったはずです。ですから、気楽な環境音楽のように流れていくものがいいと、感じてきました。

いまは英語を使った歌詞が非常に多い。できるだけ現実というものから離れた地点で歌を聴いていこうとしているのでしょう。

私たちは、自分たちの「いまある姿」、そして「あるがままの心」に目を背けることをやめ、それを認めるときにきているのではないか。自分たちが、都市の塵芥《ちりあくた》を積み上げた「夢の島」のようなごみクズの巨大な山を、心と体の深いところに抱えているということを、ちゃんと直視しなければいけないときにきているのではないか。

いま新しく建設される劇場の席には、肘掛《ひじか》けがふたつついていて幅が広いところが多いようです。間隔も人が通るときに立ち上がらなくてもいいように設計されている。ですから、満席になってもガランとして風が吹いているような感じがする。劇団の赤テントや黒テントが活気のあった一九七〇年代ごろは、何時間も寒い空の下で待たされて、中に入ると人の膝の上に跨《また》らなければならないほど身体が接触しながら芝居を観ていた。そしてそのことに痛いほどの歓びがあった。

しかし、その感動はいまは失われてしまいました。こうしたことが個々の疎外感に繋《つな》がって、大量の自殺者が出ているのではないかと思います。失恋や破産や病気というのは、自殺のトリガー（引きがね）にすぎません。根本にあるのは、ひとりぼっちだという疎外感です。この疎外感を増長させているのが、涙を切って捨てる近代主義ではないでしょうか。

㊵「脳死は人の死」の考えの底にあるもの

脳死を人の死と認めることは、まさにデカルト的です。「我思う、ゆえに我あり」。思惟《しい》しない人間は人間と思わなくてもいいという考え方です。この言葉は中世の全的人間中心の考え方、トマス・アクィナスの「我あり、ゆえに我思う」のもじりだと聞きました。いまの私にはそちらの言葉がはるかに重く響きます。

人間は存在する、だから「思う」こともできる。まず生きること、存在が先です。

知的活動、物を考えることによって人間は人間なのだという。これはその時代においては希望に満ちた、しかも激しいプロテストであったでしょう。しかし、いま世界や地球そのものが危機に際しているときこそ、人間の存在そのものを大事にしなければいけない。

脳は人間の感情などあらゆるものを支配しているけれども、脳へ情報を送り、働くエネルギーとしての酸素を送り込むのは体の末端です。身体の存在によって脳が活動を支えられている。すべてを脳が支配していると考えるところに落とし穴があるような気がします。

脳が死んだらその人間は死ぬ。それは人間一般の死です。しかし、人間の生命というのは、遺伝子のように二重螺旋構造《にじゅうらせんこうぞう》をしていると考えたほうがいい。ひとりは普遍的な人間、もうひとりは絶対かけがえのない、世界中にただひとりの個人です。このふたつが絡《から》まり合ってひとりの人間をなしている。

ですから、脳死は人間の死であるとしても、個人の死とは言えないかもしれない。

かつて免疫学は心臓や脳に比べて、医学の世界のいわば辺境の学問でした。それが一九九〇年代に入って大きな注目を集めた理由のひとつは、免疫の働きは非自己を発見して、それを拒絶するために、まず自己を確立するということが注目されたことにありました。人のアイデンティティは免疫の働きにこそかかっているということです。

そういう考え方で見ますと、脳がストップしても体の中では免疫の働きは続いています。身体は生きているのです。生きていなければ移植などはできないはずです。内臓が生きているということは免疫の体系も生きているということ。免疫の体系が生きているということは、自己を決定する働きが生きているということなのです。ですから、特定個人としてはまだ死んでいないと考えられるわけです。

首から上が止まった後は物体であるという考え方を法律として成立させてしまったことと、遺体の首を切断して校門にさらした異常な行為とは、ほとんど重なっているように感じられてなりません。

㊶ いま、無常の風が、吹いている

阪神・淡路大震災は、現代の日本人に決定的な精神的影響をおよぼしたと思います。なぜかと言うと、記憶がそこから始まるからです。

神戸で聞いた話ですが、地震で男の人が、膝から下を材木ではさまれて動けなくなった。子供と奥さんが引っ張っても抜けない。火がどんどん迫ってくる。その人は台所に包丁があるから持ってこい、それでこの足を切れと絶叫するんだけど、奥さんは手が震えて旦那の足に包丁をあてることができない。そのうちに、火が迫ってきて、奥さんは、反射的に子供たちの手を引いて飛び出した。背後の煙の中から「この足を切ってくれーッ」という声が聞こえていたそうです。

そういう記憶というのは、五年たって、十年たってますます鮮明になって、消えることがありません。

五千五百人の死者の背後には五千五百のドラマがあるのです。記憶があります。涙があり、怒りがあり、悲しみがある。肉体化された記憶というのは、どろどろした情念《じょうねん》ですから、浪花《なにわ》節《ぶし》的であり、大衆演劇的であり、新派《しんぱ》的であり、歌謡曲的であり、演歌的であり、たとえて言えば美空ひばりのような存在です。

かつて、羽仁五郎《はにごろう》さんのような近代主義者は、「美空ひばりは日本の恥だ」と言った。中野《なかの》好夫《よしお》さんも、「演歌というのは便所のようなものだ。やっぱり、なくちゃ困る。けど人前に出せるものじゃない」と、なかなかうまいことを言っていたけど、そういう内側に伏せてきたものが、これから否応《いやおう》なしに露呈《ろてい》してくるだろうと思います。

神戸の被災地の人たちはモノに対する所有欲が消えていると聞きました。マンションは借りる。マイセンの陶器とか李朝《りちょう》の壺とかを集めていた人はそれを手放す。明日などないという考えでしょう。

本格的な無常観《むじょうかん》、本当の意味での無常観が出てきたのが中世でした。津本陽《つもとよう》さんの『夢のまた夢』が吉川英治《よしかわえいじ》文学賞に決まったときの選考会の席上で、ある作家が、秀吉のような世俗の成功者が、心の中に無常観を抱いているのが面白いと言ったら、別な作家がこう言った。あのころは、「あすはないもの、ただ狂え」というような意味の唄が一世を風靡《ふうび》した時代だった。秀吉だけでなく、つまり世間みなが無常観の中に生きた時代だった。私はなるほどと思いました。それが中世だったのだな、と。

いま、たしかに中世の風が吹いていると思うのです。無常という風が。

㊷ あるがままの自分を信じるために

この二十世紀の終末を迎える世界全体が、いまいちばん大きなテーマとして掲げているのは、〈共生〉、〈共存〉、共に生きる、ということです。たとえば男性と女性というのはお互いにやはり対立しあうところがある。その対立をどう乗り越えていくか、というのが新しく生まれてきた〈共生〉〈共存〉という考え方です。世界を見てもそうではないでしょうか。民族紛争とか、宗教的対立とか、各地で大きな矛盾やトラブルが激化している。そこで思想、信仰、民族が違う国々がどうしていくかが、いまの大きなテーマなのです。

最新の免疫論は、異物を発見して排除するという考え方ではなく、いかに自己と非自己とが体内で共存して生きていくかを探《さぐ》っています。

皮膚や臓器を移植されたら、生体《せいたい》に拒絶反応が起きます。しかし、母親が胎児をみごもっているときは拒絶反応は起きません。胎児は遺伝子からいうと異物です。自分の遺伝子が半分と父親の遺伝子を半分含んでいますから、その複合体としては、完全に異物なのです。それなのに拒絶反応を起こさないのは、胎児という非自己に対して、免疫は〈トレランス〉なのです。

トレランスは〈寛容《かんよう》〉と訳されます。いま、このトレランスがヨーロッパの若い人たちにとってテーマになっています。民族の対立、宗教の対立、そして男と女の対立……。このふたつの間でいかに寛容に生きていくか、それがテーマなのです。

教育の問題、医学の治療、あるいは精神的な心の安らぎを得るという面に関しても、〈拒絶から寛容へ〉という流れの中で、どのように自己と共存し、どのように認めるか、ということが大切になってきます。

「いまの自分を信じる」ということは、「いまの自分を認める」ということです。「いまの自分に寛容である」ということなのです。そして、そう考える自分と、本当の生命である自分と、物としての自分、心としての自分、命としての自分、それぞれお互いに相手を認めあい、共存していくことです。

〈拒絶から寛容へ〉

〈対立から共存へ〉

それがこれからのテーマでしょう。しかし、いまの世相は、どうもそれと正反対の方向へ進んでいるように思われてなりません。

㊸ 常識に合わないことを大切にする

証明することができない事柄を信用しない人がいます。科学的でない、という理由からです。しかし、私たちは科学だけで生きているわけではありません。証明できようができまいが、それを信じて勝手に生きることは一向に差し支《つか》えないのです。

私は最近、とみに常識に合わないことを大事にするようになってきました。どうも、そっちの方が正しい生き方のように思われてならないのです。

そっちとは何かと言えば、〈直感〉です。格好よく言えばヒラメキであり、古い表現をすれば勘となる。昔は第六感などとも言いました。

そんなわけで、私はじつに理屈に合わないことばかりやってきました。自分の内なる声に忠実に、などと言えばキザに聞こえそうですが、要するに気がすすまないことはしない、という一点を頑固に守り通して生きてきたのです。たとえば、本当に仕方がないときしか病院に行かない。医師の世話になるのはぎりぎりのときだけで、仕方がないから診察を受け、医療の世話になる。私は、こういう考え方に立つべきだと思っています。せっせと病院へ行って病気を探してもらうのは、どうも変な気がしてならないのです。

しかし、言うは易く行うは難しで、できる限り医師の世話にならないように生きるというのは、それはそれで相当に面倒なことです。なにせ万病の巣であるこの体を自分でコントロールする、というよりケアするというか、バランスを保ちつつ折り合っていかねばならない。

ただ、これは考え方しだいで、体とつきあう、そのこと自体を趣味にしてしまえばいいのです。趣味と言えば軽く聞こえますが、ひょっとしたら生きる目的にもなり、さらに踏みこめば、自然や宇宙の神秘に触れるような境地にまで達することができるかもしれない。宗教などというものは、あんがいそんなふうに自分の体の具合にじっと耳を傾けるところから出会うものかもしれないと思います。

人には、私という自分がふたつあります。ひとつは人間一般としての自分、もうひとつはこの世にふたりといない〈天上天下唯我《てんじょうてんげゆいが》独尊《どくそん》〉としての自分です。人間一般としての自分にとっては、この症状にはこの薬などという常識や約束ごとが適用されるでしょう。しかし、唯一無《ゆいいつむ》二《に》の自分にとっては違います。自分の直感が「この薬は飲みたくない」と言えば飲まないことです。直感を尊重し、あえて常識に合わないことを大切にすることを考えるべきなのです。

㊹　心に残るものこそ忘れない

ギリシャの哲学者プラトンは、音楽はある意味で恐ろしいものだと言いました。それは、音楽や芸能のすごさは、哲学と違って、主体的な働きかけがなくても、意識的に聞いているつもりではなくても、知らず知らずのうちに、聞いている人間の感受性を変えてしまうところがある。そして人間は、感受性が変わると思想も、そして行動も変わるからだ、と言うのです。

つまり、その人間の感覚が変わることで、周囲の法律や社会や政治体制に対して、ふと異和感を感じたり、納得がいかなくなったりしてくる。そこからさまざまな問題が生じてくる。ですから、プラトンは音楽は恐ろしいものとして語っていたのです。

いま、音楽の世界ではイージー・リスニングが全盛です。世間では、「イージー」という言葉を「安易」という意味で使いますが、これは実はとても大きな誤りではないかと思います。

奈良の法隆寺に、近代から現代にかけて大傑僧《だいけつそう》と謳《うた》われた佐伯定胤《さえきじょういん》という高僧がいました。その佐伯さんは、雨の日も風の日も、とにかく時代の流れに関係なく、学問の府、法隆寺の伝統を守って、自分のセミナーを開き、講義をしてきました。その弟子のひとりに、田舎から出てきた若い真面目な学僧がいて、彼は予習も復習もし、講義も一言一句《いちごんいっく》漏らさず聞いて努力してきたのですが、ほとんど佐伯さんの話が理解できません。このため、絶望して、ある日、佐伯さんのところへ相談に行き、私は才能がなく、先生の講義が理解できないので田舎へ帰りますと言った。

そのとき、佐伯さんはその学僧にこう言ったそうです。

「千日聞き流しせよ」

千日とは約三年です。佐伯さんは何を考えてそう言われたのでしょうか。

それは、ただ一言一句聞き漏らさないように聞いても本当のことは理解できないし、そんなことは意味がない、と言いたかったのだと思います。意味がわかろうがわかるまいが、ただその肉声を聞け、そうすれば、消そうと思っても頭の中に入ってくるものがあるだろう。信仰の尊さとは、なにも文字からだけではなく、肉声を通じて、毛穴からしみこむように、必ず何かは伝わるものであり、それこそが大事なことだというわけです。

ぼんやりと自分の意識の外を流れていくような聞き方をしながらも、なお心に残るものこそ忘れないし、これこそ大事なものであるということではないでしょうか。つまり、イージー・リスニングの中で、おのずと心に残るものこそ本当に大事なものなのです。

㊺ 信仰や本当の情報は〈面授〉でしか伝わらない

仏教に〈面授《めんじゅ》〉という言葉があります。対面して直接に教えを授かるという意味です。

なぜ面授が大事なのかというと、それは信仰や本当の意味での情報というものは、じつは面授でしか伝わらないものだからです。面授というのは、人間と人間が向き合って、表情や身振り手振りを加え、肉声で、口から唾を飛ばすような口調で語る中で伝わるものです。つまりライブでしか伝わってこないものを言うのです。

仏教の世界ではよく、〈正法《しょうぼう》〉の時代、〈像法《ぞうぼう》〉の時代、〈末法《まっぽう》〉の時代と言います。日本とインドでは違うようですが、インドでは、釈尊《しゃくそん》が入滅《にゅうめつ》してから五百年は正法の時代です。その間はゴータマ・ブッダが伝えた正しい仏教の思想が人々に伝わり、人々はそれを正しく理解するであろう時期です。ブッダ自身が肉声で自分の考えを語り、それを受けた弟子たちがその話を孫弟子に伝え、彼らがまた彼らの弟子に伝える、というような、本当の面授の形で人々の間に正しく伝わっていた時代、ということです。

その後の五百年間は像法の時代。〈像〉というのは心象風景の〈象〉のことで、〈形〉という意味ですから、これはコピーの時代ということです。一応、形だけは仏教の思想が伝わりますが、思想の精髄、つまり生きた魂は伝わらないと考えられています。

さらに後になると、そうした正しいコピーですらまったく失われてしまい、あとはぐじゃぐじゃになって、仏教は頽廃《たいはい》します。これが末法の時代です。ですから新しい宗教改革者たちは末法の時代に正法を取り戻そうと改革運動を起こし、さらにこの時代に新しい宗教が生まれるのです。すなわち末法の時代は新興宗教の時代でもあるのです。

そうした中で、正しい信仰や思想の知識は伝えることができますが、もっと中身のある生きたものを伝えられるかというと、やはり人間から人間を通じてでなければ難しいのではないでしょうか。

たとえば、本を読んで親鸞、蓮如、法然などの思想に興味を覚えて共鳴するということは、本当の意味で血肉化した思想が自分に訪れたことにはならないのです。

思想や信仰、あるいは本当に大事なものは、人間から人間にしか伝わらない、つまりは〈面授〉でしか伝わらないものなのだと私は思っています。

㊻ 大事なことが無視されてきた

人間の存在はプラスとマイナス、光と影の二つが共存し、きわどく対立しているものです。生産力優先の考え方では、その片一方を無用のものとして切り捨ててしまう。弱さも病んでいることも許さない。ハンディキャップのある人間は、国民として失格である。そういう時代が長々と続いてきました。

笑うというのはいいが、悲しむとか泣くのはけしからぬことであって、自分の息子の戦死の報に接しても、「お国のためによく死んでくれました」と老母は静かに微笑《ほほえ》み、「来年の春は、靖国神社の桜の木の下で会いましょう」と言ったという話が、軍国の母美談として新聞の大見出しに謳《うた》われた時代がありましたが、この風潮は戦後もずっと変わらずに持ち越されています。

これが生産力優先の思考というもので、強く明るく前向きで、疑うことなど無用、自分の影を見つめて反省することなどマイナス思考以外の何ものでもない、という時代が、一貫して続いてきているのではないでしょうか。

以前に水俣病が大問題になったとき、当時の行政官が語っていた告白の中に、印象深い言葉があります。

「自分たちは分かっていた。あの工場が有明海に有毒な汚染物質を流し出していたことは、当然のように理解していた。けれど、その時点では止めることができなかった。なぜかというと、それは当時の日本が飢えていたからだ。食料増産のためには、農村に化学肥料を送る必要があった。もしもあの時点で汚染を恐れて工場の操業を止めていたならば、日本の復興は二十年ほど遅れていただろう」

彼は、汚染物質の流出を必要悪と判断したわけです。私たちは、目をつぶって、大事なことを見ないでやってきた。影の部分を見ないという立場でずっとやってきたのが、この戦後の五十年ではないかと思います。

そしてさらに恐ろしいことに、片方の側面しか見ない人が、期待される人間像として重視されてきたのです。

マーク・トウェーンが「ユーモアの源泉は哀愁である、悲しみである」と言ったように、ユーモアと悲しみを共に大切なものとして考えるのであって、何ものにも囚《とら》われることのない自由な観点による批判や生き方こそが、感動の原点であろうと思います。

㊼ 悲しみの容量と歓びの容量は同じ

私たち日本人は、いい意味でも悪い意味でもエゴというものが小さいように思われます。スポーツでも、ゴルフやテニスのような個人の技を競い合うようなゲームでは、なかなか日本人は勝てません。日本では、三人集まるとすぐ派閥《はばつ》を作ると言われますが、何人か集まってようやく一人前の人間というような面があります。

これは、四周《ししゅう》を国境で囲まれているとか、くり返し侵略を受けたという経験がないからでしょう。強烈なエゴを持つ必要がなかったからです。だから、日本人は基本的に優しい感性の持ち主と言っていいでしょう。

ところが、時折、残酷な事件が起きる。

たとえば、大阪の道頓堀《どうとんぼり》でホームレスが川へ投げ込まれた事件がありました。その十年ほど前には、横浜でホームレスの人たちが襲撃を受けるという、同様の事件がありました。これらの事件は、どちらも根のところでは共通していて、どうも何かが欠けているような気がするのです。

何が欠けているかと言うと、私はいい意味でのセンチメントだと思います。

いま、私たちが近代的思想と思っているものは、センチメントを純粋科学の世界から切り離したものです。センチメントやあいまいな情感といったものを別の場所へ置こうというところから、近代という時代をスタートさせたわけです。

しかし、本当は、このセンチメントはそう捨てたものではないのです。たとえば、ラテンアメリカの文化、フォルクローレの世界では決定的に大事な意味を持っています。タンゴなども、ふられた男の〝悲しみ〟を最も大事にしている。

私は〝悲しみ〟の容量と〝歓び〟の容量は同じだと思っています。つまり、〝悲しみ〟が深ければそれだけ〝歓び〟も大きい。

日本人も、本来そういうセンチメントの豊かな民族だったと思うのですが、このところの日本人は、ヨーロッパ流の近代意識が主流になって、乾いた感覚というのが高く評価されて、湿っているというのは評価が低くなっています。近代とはセンチメントを切り捨てたことで、人間の心まで乾燥してしまった時代なのではないでしょうか。

㊽ 自分をはるかに超える仕事をするために

前に映画のアカデミー賞のデザイン部門で賞を受賞した石岡瑛子《いしおかえいこ》さんという、非常に優れたグラフィックデザイナーがいます。この石岡さんがどうしたことか、日本ではあまり旺盛《おうせい》に仕事をしない。それはなぜかと石岡さんに訊《き》いたとき、石岡さんはこう答えました。

「私たちの仕事は、たとえばデザインを考えるだけではなく、写真家とも印刷の現場の人とも仕事をしなければならない。日本で仕事をすると、いろんな事情で、五人のスタッフですと、どうしても仕事のできないだめな人がふたりぐらい加わってくるんです。すると、残りの三人が非常に優秀だったとしても、結局、すべてがだめになってしまう。本当にいい仕事をするためには、ジャンクがまじってはだめなんです」

その点、アメリカで仕事をするときは、彼女は自分でスタッフのオーディションをしますから、本当にやる気と才能のある人たちばかりが揃《そろ》う。ですから、出演女優がフェイ・ダナウェイのような大物女優であろうと、照明がハリウッドの歴史をつくったような偉大な人であろうと、石岡さんが部屋に入ると、全員が石岡さんの一挙手一投足《いっきょしゅいっとうそく》、表情に真剣に気をつかう。

「エイコはこのライトは気に入らないのではないか」「あのメイクは完璧か」「ヘアーはあのスタイルでいいのか」ということを全スタッフがプロとして考えて行動するわけです。

ですから、石岡さんがいちいち指示しなくても、彼女の視線の行方までを注視していて、あっという間に仕事が進んで行くという。ところが日本だとそうはいかない。これが日本で仕事をしない理由だということでした。それで私は言いました。

「その方法でやっている限りは、自分ひとりの才能を超えられないんじゃないでしょうか」

石岡さんは一種の天才だと思いますが、じつは本当に大きな仕事というのは、石岡瑛子の才能を超えたときにしか出てきません。ですから、だめな人間と仕事をする。そのだめな人間、ジャンクが入ってなければ、本当に大きな仕事はできません。これは直感です。

これは組織論と結びついてきますが、人材を集めて精鋭部隊をつくり、物事を進めていくときに、変な奴とかやる気のない奴とか、そうした連中が仲間に加わっているほうが人間的な組織になるのです。そういう人間的な状況の中で、やる気のない奴が偶然に仕事の手を抜いたため、思わぬミスが起きたが、それが結果的にすごくよいものに変化したり、思いもかけない成功につながることだってあるのです。

㊾ 〈悲〉の心への関心が欠落している

〈慈悲〉という言葉があります。パーリ語では、〈マイトリー〉というのが〈慈〉で、〈カルナー〉というのが〈悲〉にあたります。音楽にたとえれば、〈慈〉がメジャーコード、〈悲〉はマイナーコードと言い換えることができます。

たとえば、オウム真理教に加入してしまった息子を、その教団から離脱させるために、会社に休職届を出して、息子の本棚にあった宗教関係のテキストを徹底的に読み、毎日くり返しくり返し息子と討論しつつ、何とか息子の信仰をやめさせようと努力したエリート商社マンの父親がいましたが、彼は、〈慈〉の心をもって息子に接していたと言えると思います。

それに対して、いつまでも果てしない議論をし続けるふたりの話を泣きながら傍《かたわ》らで聞いていた母親の気持ちは、〈悲〉の心だったのではないでしょうか。

父親が息子に罪を償って立派に更生しろ、共によりよい生を生きていこうと激励するのは〈慈〉、つまりメジャーコードなのです。ところが、なぜそんな教団に入ったか、そういうことをいっさい聞かずに、お前が地獄へ行くなら、自分も一緒について行きますよと、傷ついた息子の痛みを自分の傷のように感じ、その子の手のうえに自分の手を重ね、黙って涙を落としている母親は〈悲〉の心といえるでしょう。

このような〈悲〉の心、マイナーコードによってしか癒されない心があります。

これまで、〈慈〉に比べると、そういう〈悲〉の心情、つまりマイナーなものに対する関心がこの社会ではあまりなかったのではないでしょうか。

〈慈〉と〈悲〉、メジャーコードとマイナーコードは、プラス思考とマイナス思考にもつながります。ポジティブ・シンキングに対するネガティブ・シンキングを考えるきっかけになるのです。〈天上天下唯我独尊〉という言葉があります。これは、自分が尊いということではありません。他の人との比較において自分に値打ちがあるというのではなく、自分が得がたい命を得たという、誰とも違うかけがえのない生命において尊いのだ、という考え方なのです。

ルネサンス・ヒューマニズムは、人間はみな同じだという考え方です。それに対して、人はみな違う、同じ人はひとりとしていないというのです。だから、存在するだけで尊い。

これは〈悲〉の心につながります。いまは〈悲〉の心が求められる時代と言えるのではないでしょうか。

㊿ 私たちの社会には、資本主義の根本精神はない

バブルの絶頂期に、司馬《しば》遼太郎《りょうたろう》さんは、「日本の資本主義は、この先数年のうちに、根底からひっくり返るよ」と指摘していました。

司馬さんは、戦後、目標や自信を失って猫背になってしょげていた日本人に対して、「日本人の文化や日本人の存在というのは、何も卑下《ひげ》することはないんだ。明治の頃も、その前の日本人にも、見るところはあったんだよ」と言って、日本人を励ましていたのです。

ところが、晩年、そうした自分の言葉をストレートに鵜呑《うの》みにして、「日本人はすごいんだ。明治以来の私たちの歩みは間違っていなかったんだ」という形で傲慢《ごうまん》になってしまった日本人、とくに政治家や財界人に対して、ものすごい嫌悪感を抱いていました。司馬さんの最後の対談を読むと、あのバブル以後の日本人の傲慢の一端を自分が作りだしたのではないか、こんなはずではなかったとくやみ、自己嫌悪の情がにじんでいました。

実際、この十年間を見ても、日本の経済界はとんでもない問題を起こし続けてきました。そして、その根底には日本の資本主義の問題があります。つまり日本の資本主義は、資本主義の

根本モラルであるところの〝プロテスタンティズム〟とか、勤勉とか節約とか社会に還元するとか、そういうモラルのない、つまり資本主義の根本精神なき、資本主義だった。だから、いまのような自浄作用のない野放図な状態が出来上がったのではないでしょうか。

　資本主義を支えている精神的なバックボーンは、「多くを稼げ」「多くを蓄《たくわ》えよ」「多くを施《ほどこ》せ」という三つの柱です。これが三位《さんみ》一体《いったい》となっている。そして、質素に暮らし、勤勉に働き、多くを稼ぐ。強欲《ごうよく》に商売することも、多くを施している限りは許される。どんどん社会還元している限りは、資本家がどんどん過酷なビジネスをやっても、そこには神の意思だと胸を張っていられるところがある。

　ところが、日本の資本主義はそうではありません。どこかで搾取《さくしゅ》しているとか、世間が低金利の中で困っているのに、銀行だけが空前の利益をあげるなんてことは、やはり後ろめたい気持ちがある。堂々と儲けることは、この国では難しい。

　その自信を欠いた資本主義が欧米の資本主義と対等につきあえるのか。そこが私にはわからないのです。

㊿1 いま、アクセルではなく、ブレーキを

これからの五十年間は、「青空」が見えない中で、私たちは峠を越えてゆっくりと下りていかなければなりません。アクセルを踏む時代ではなく、ブレーキを制動する時代に入っています。いかに優雅に、いかに巧みにブレーキを踏むか。

進歩よりも抑制という時代にさしかかっているのです。

ですから、明るさは見えないけれども、いま何かを考えるとしたら、社会のありようの現実を直視しよう、目を背けることをやめようではないか、ということでしょう。

いままで、日本人は現実から目を背け続けてきました。

昭和二十年、日本が敗れる直前まで、少年の私を含めて、ほとんどの日本人が神風《かみかぜ》が吹くと考えました。冷静に新聞を見たり、報道を見れば、いくら軍が美辞《びじ》麗句《れいく》で飾り、新聞が意識的にそうさせたとしても、迫ってくる事実は、はっきり見えたはずでした。しかし、実際には、敗戦のポツダム宣言を聞いて愕然《がくぜん》とした国民が大半でした。

戦後になっても、現実から目を背けています。たとえば、日本人は本当は天皇制が根本的に

好きであり、日本の社会は宗教社会なのですが、戦後の進歩的な文化人を代表とする現代の日本人たちは、それを認めようとしません。その理由は、これらの現実を直視した途端に、日本が明治以後、ヨーロッパ文化を手本として導入した資本主義、憲法、軍制、そして音楽などの文化が、全部ニセモノだったと認めてしまうことになるからです。

坂口安吾は『日本文化私観』とか『堕落論』の中でくり返し書いています。日本人は決定的に絶望することが不得意な国民である、また、他者を決定的に憎むことが不得意な、民族的にそういうことを受け入れない国民である、と。

絶望する才能にたけていない。それから何かを憎悪したり、痛烈に反省したりということも得意ではない。

これはもちろん良い面もあります。しかし、自己批判の深さを持てないということは、アジアのほかの国々の人たちから見ると、自分に対する本物の反省がないということになるでしょう。これは、現実から目を背けていることと表裏の関係と言えます。

日本もひっくるめて、世界はギリギリのところまできています。現実を直視することが不得手な私たち日本人は、敗戦直前のときのように、根源的なことから目を背けていいのかといま、あらためて自省せざるをえないのです。

㊿52 ビジネスマンたちは、呆然《ぼうぜん》と立ち尽くして

ビジネスマンを取り巻く環境は激変しています。バブル経済の崩壊以後、長引く不況によって、まず手始めに中高年ビジネスマンのリストラが行われてきました。さらにゼネコン、証券会社、銀行など一部上場企業の倒産が始まって、ビジネスマンたちは呆然《ぼうぜん》として立ち尽くしています。

追い打ちをかけるように、ビジネスマンは金融ビッグバンという言葉に代表される〝グローバル・スタンダード〟という新しい価値観を突きつけられています。

評論家の江藤淳《えとうじゅん》さんは、こうした状況を「第二の敗戦」と呼んでいますが、「第三の開国」と見る見方もあるんじゃないかと考えています。というのも、私たち日本人は明治維新、太平洋戦争の敗戦と二度の外圧による〝開国〟を経験してきた。しかし、実際に変わってない部分がたくさんあった。

表面的にはオープンに見せながらも、その実は護送船団《ごそうせんだん》方式に代表されるように、鎖国に近い状態で独特の国家や経済体制を形成してきたのです。それがここにきて、再び「草履《ぞうり》を捨て

て靴を履《は》け。袴《はかま》を捨ててズボンを穿《は》け」と要求されている。

時代の趨勢《すうせい》を考えると、日本人は必然的に「第三の開国」をして〝グローバル・スタンダード〟というなじみのない奇妙な価値観を否応《いやおう》なく受け入れていかなければならないところへきています。

メリルリンチに転職した山一證券の社員は、好むと好まざるとにかかわらず、〝グローバル・スタンダード〟の価値観の中で今後のビジネスマン人生を送らなければなりません。

企業は一株《ひとかぶ》当たりの利益のみを追求して、社員はいつでも切って捨てることができる。自分の周囲はみな敵、自分の収入は自己責任で守らなければなりません。そういった価値観を受け入れて、疑似《ぎじ》アングロサクソンにならなければ、これからのビジネス界では生きていけない。そういう時代が迫ってきています。

しかし、そうは言っても、私たちの心の中には有史以来、この島国で育《はぐく》んできた文化や感性が生きています。このアジアの一角で、シャーマニズム、アニミズムに始まって神道、仏教を受け入れてきた長い歴史があります。これこそが日本人のアイデンティティであって、何千年という時間の中で培《つちか》われてきた心のありようはそう簡単に切り替えられるとは思われません。

53 何とかしてくれるだろうという「お上《かみ》」意識

最近、金融ビッグバンなどといって大騒ぎをしています。ところが、外資系の銀行で外債を買ったり、ヘッジを考えたりしている人たちはごく少数で、大多数の日本人は、相変わらず郵便局にお金を預けている。

しかし戦後の実体験を持っている世代にはわかるのですが、郵便局に預けていても、政府が命令を出しさえすれば、支払いは簡単に停止されます。国民の郵便貯金はいつでも封鎖できるのです。毎月の月給でメープルリーフ金貨を貯めているＯＬもいますけれど、あれだって政府が個人の金取引を停止すると言ってしまえばおしまいです。あるいは、金の売買に五〇〇パーセントの税金をかけることもできる。

かつて赤紙一枚で人間の命を召集することさえできた政府は、現在でもあらゆることができるわけです。戦争時代には貴金属も、お寺の鐘も供出させられた。いまの人にはそうした実感がない。呑気《のんき》なのです。

これは、日本人が本当に自立していないということかもしれません。政府を信用するとかしないではなくて、何とかしてくれるだろうという「お上《かみ》」意識があるのです。

戦後の大混乱で、モノがない、カネもない、食うものもないという時期に、誰がいちばん強かったかというと、堂々と闇のブローカーをやれる人間と売春さえできる女の人でした。軍人の未亡人であろうが、良家の若妻であろうが、食べるためにガード下に立たざるを得なかったような状況があったし、また、実際、多くの女性たちが立ったのです。

そのことを考えると、人間は何でもできる存在だ。援助交際ぐらいで驚くのでは困るくらいです。五十年も平和が続いたので、みんな気が緩《ゆる》んできたのかもしれません。

たとえば、ある銀行の元会長が首を吊りました。自殺して責任を取るという発想があったと思うのですが、死んだら責任は取れないと考える立場もあります。法廷に出て、しかるべきことをすべて明らかにして、服役して責任をまっとうすることこそが大事だと思う人もいるでしょう。生きて辱《はずかし》めを受けることこそ責任を取ることです。簡単に死ぬことは、自分の命が軽いということにほかならない。

銀行や証券会社の利益供与事件は、社会的な犯罪です。責任者にはパブリック・エネミー（社会の敵）という表現が当てはまるのではないでしょうか。それなのに、マスコミは、死んだことで簡単に許してしまうような論調になる。

「お上」意識のぬるま湯の中で、いつまでも甘えていられる時代ではなくなりました。

㊹〈洋魂洋才〉でやれと強制される時代

私たちは科学を信じているからこそ、飛行機にも乗る。しかし、初詣のときに手に入れた交通安全のお札を軽々しくごみ箱にポイと捨てることには、なぜか抵抗がある。

いま日本人はアメリカによって、飛行機に乗るなら交通安全のお札を捨ててしまえ、と強制されているようなものです。精神部分まで、欧米的な価値観にしたがえと強《し》いられている。

これは大きな葛藤を生んでくるに違いありません。

そもそも和製英語だともいわれる〝グローバル・スタンダード〟とは何か。それは経済システムや市場原理の形をとった一神教的世界観だと私は考えています。

欧米の市場原理というのは、〝神の見えざる手〟を前提に成立しています。市場原理がたんなる競争原理でしかなければ、それこそ弱肉強食の修羅場《しゅらば》になってしまいますが、神の見えざる手がどこかで確かに働いているのだと人々が信じられる部分があるからこそ、市場が人間的なものとして機能してきたのです。

そういうキリスト教的な拠り所が、無意識のうちであれ存在しなければ、市場原理は成立しません。欧米というのは一見、科学的・合理的な価値観を徹底して追求しているだけのように見えますが、じつは非常に根深い宗教感覚が内包されているのです。

神の見えざる手を信じる心がなければ市場原理は成り立たない、という考え方が彼らにはあります。

いま、日本のビジネスマンに突きつけられているのは、経済論でもなく、処世術でもありません。こうした精神的な価値観そのものを受け入れろという、哲学的な問題にほかならないのです。

これまで日本人はそうした宗教、哲学の問題には触れずに、まさに技術的な部分のみで外国と接してきました。〈和魂洋才〉とはそのことです。

そうして世界に冠たる日本という技術立国の地位を築いてきた。今後は心の問題、信仰の問題と、否応なく向き合わなければならない時代が到来します。〈洋魂洋才〉にしろ、と言われているのです。

政治の混乱、経済の崩壊、宗教の頽廃《たいはい》、自殺者の増加、少年凶悪犯罪の激増……。

世紀末の混沌とした時代に直面している日本人の底流には、こうしたアイデンティティの崩壊という大きな問題が横たわっているように感じられてなりません。

55 大阪ビジネスの背景にある〈お陰〉の感覚

城山三郎さんと対談する機会があったとき、日本の事業経営における倫理観のバックボーンについてうかがったことがあります。城山さんによると、倫理観のバックボーンはふたつあったそうです。ひとつは侍の士《し》魂《こん》、もうひとつは儒教国家だったということです。ところが、戦前からの天皇信仰によって儒教的なものが中断されてしまう。そして、戦後になると、戦前から儒教的なモラルを伝えてきた人々が次第にいなくなり、士魂についても戦争中に懲《こ》りたため、いまは精神的なものはすっかりなくなった。

そしていまは、ただ儲ければいい、ということになってしまっている。おまけに政府までが、やれ所得倍増だ、列島改造だと囃《はや》すため、ブレーキはまったく利かなくなっているということです。

私もそうだと思います。だからといって、西欧の価値観をそのまま導入するというわけにもいきません。

そこで私が注目しているのが大阪商人なのです。

そもそも大阪の基盤は石山御坊《いしやまごぼう》の寺内町《じないまち》です。道修町《どしょうまち》も船場《せんば》も、かつて寺内町にあった繊維問屋や薬品問屋が発展して、その伝統が残っています。大阪のメーンストリートである御堂筋《みどうすじ》は、昔の梅田と難波《なんば》村の間に北御堂（西本願寺津村別院）、南御堂（東本願寺難波別院）があったことからついた名前です。そこへ御堂の鐘の音が聞こえるところに本店を持ちたいという父祖《ふそ》伝来の夢を持った近江《おうみ》の門徒（浄土真宗の信者である）商人たちが集まって、やがて丸紅とか伊藤忠といった商社もやってくる。さらに繊維とか薬品以外のいろんな企業が集まって大阪の経済を支えました。ですから御堂筋は信仰によって支えられた街だったのです。

大阪商人の気質をあらわす例として、よく「儲かりまっか」「まあ、ぼちぼちでんな」などという挨拶を交わすと言われます。しかし、古い大阪の人に聞くと、昔は「儲かりまっか」と聞かれると「おかげさんで」と必ず言ったそうです。

「おかげさんで」というのは神仏のご加護によってなんとか生きていけることを〈お陰〉と感じて、その〈お陰〉を感謝する思想でしょう。お伊勢参りを「お陰参り」と言うのと同じです。

そう考えると、大阪商人はじつは根のところに非常に精神的な、宗教的な心根《しんこん》をもった人たちであり、大阪ビジネスの背後には、儒教的な倫理のほかに〈お陰〉という宗教的な感覚もあったということになります。

56 魂なきシステムは成立しない

宗教とは、車で言うならブレーキです。経済はアクセルです。経済はつねに前へ前へと加速していこうとする。加速するだけでは自動車とは言えないでしょう。無限に加速して暴走しようとする経済活動や個人の欲望に対して、宗教はブレーキをかける。

より多くを稼ごうと考える人間に対してキリスト教では「汝《なんじ》の敵を愛せよ」と言うのですから、めちゃくちゃな話です。だけど人々は、そのブレーキの言葉を聞くことによって、ふっとわれに返って反省することができる。これが宗教の働きです。

ですから、宗教は経済とは反対のこと、現実にはできないことを言うのが当然です。

しかし、その感覚がない〈無魂洋才〉というのでは、やっぱり難しい。資本主義が辛《かろ》うじてここまで続いてきたのは、信じている者にも、信じていない者にも、環境としてそのようなブレーキの感覚があったからでしょう。

そう考えると、これから白か黒かという〝グローバル・スタンダード〟と言われているものの世界に入っていくときに、私たちにも何らかの宗教的な感覚がどうしても必要だと思われるのです。

本来、グローバル・スタンダードというのは四つか五つくらいあっていいわけです。イスラム圏がある。ラテンアメリカがある。あるいはアジアがある。ヨーロッパ、アメリカがあって、それぞれ自分のモラルとシステムでやって、お互いに共生していく。これが理想です。それがいまは一国のモラルと感受性を強制されています。

ビジネスの世界では、これからの人たちは嫌でもバイリンガルにならざるを得ない。英語やパソコン、それらは特技ではなくできるのは当然のことになります。しかし、この国は島です。文化果つるところで、独自のものを育ててきた。過去に何度も植民地にされている国は〈洋魂〉に切り替えるのもわりあい楽かもしれません。

ソビエトの社会主義もやっぱり〈無魂洋才〉でやったから失敗しました。たとえば「ロシア正教的社会主義」というものがあったとしたら、もう少しは続いていたかもしれません。しかし、宗教を禁止してやろうとした。だから失敗した。

魂なきシステムは成立しない、私たちもそのことを嫌というほどわかりました。

しかし、それにすんなりと適応できる感受性は持ち合わせていません。それが、私たちが直面している現実です。まず、見たくない厳しい現実を明らかに究めて、〈究極のマイナス思考〉から再出発することで未来を見据《みす》えていくしかないようです。

57 市場原理と自己責任の背後にあるもの

日本人のアイデンティティの崩壊はどこに原因があるのか。

ここで問題になってくるのは、物と心をはっきり区別する世界観のことです。物と心をはっきり分ける世界が、いま、〝グローバル・スタンダード〟の近代となっているわけです。私たちはそれを受け入れなければ、国際的な経済の世界で生きていけないところへきているらしい。

しかしアジア全体がそうですが、日本人は縄文以来、森や山に生命を感じる、大きな木にしめ縄を張る。すべてのものに神が宿るという感じ方をします。そういう中で生きてきた私たちが、いま、否応なしに市場原理と自己責任という、二者択一の舞台にはじめて登場するわけです。

自己責任というのは、一神教的な神と人間との契約という精神が根本にあって成り立つものです。市場原理は神の見えざる手に対する揺るぎない確信が背後にある。ところが、そんな伝統のないところへ市場原理と自己責任と言われても、はたして自己をそれに適合できるだろうか。

たとえば、日本の年功序列。これは〈無用の用〉という考え方も背後にあります。一見、無能な人間がその会社を救うことがあるかもしれない、という見方です。いまはそれがだめだと言われている。無能な人間は排除する、そういう明確な理論を適用しろと言われています。

企業がこのシステムをとることで、ものすごい無理が生じている。たとえば解雇された労働者よりも、解雇を言い渡した管理職のほうが、狭心症《きょうしんしょう》になる率が高いと言います。そうとう精神的な負担があるわけです。

さらに困難な問題は、いま世界が近代を超克《ちょうこく》しようとしていることです。近代が生み出した環境破壊、人間の無視、そういう近代を超えようとする動きが一九六〇年代から続いています。そうなると、私たち日本人は、片方でグローバル・スタンダードという近代の受け入れを強制され、片方で近代を超克しなければならない。

たとえば、弱者と手を携《たずさ》えて共生することは、近代を超えるための大事な考え方です。それなのに、私たちは、弱者は切り捨てるという、遅れた近代をグローバル・スタンダードとして受け入れよと強制されている。

いま私たちは矛盾に引き裂かれて、心がずたずたになっているのではないでしょうか。

58 二十一世紀は大乱世、人心荒廃の大転換期

社会主義とは、資本主義の矛盾の中から生まれた鬼子《おにご》です。しかし、それがすこやかに育ってくれれば、将来は資本主義の老後を見てくれる存在でした。ところが、その子供は親が金属バットで殴り殺したような形で、早世《そうせい》してしまった。資本主義という親は老いさらばえた身を、これから自力で見ていかねばならないのです。

いま資本主義という老いた恐竜がのたうち回って断末魔を迎えようとしている図が浮かんできます。

これは十年とか二十年で終わることではありません。これまで時代の変わり目を見るとだいたい百年から百五十年、場合によっては二百年くらいかかっています。しかも、いまは次にバトンタッチするべき新しいシステムがまだ見えません。

いま生まれる子供たちは、そういう先が見えない中で一生を過ごさなければならないでしょう。十代や二十代、そしてこれから生まれてくる子供たちは、生涯その時代を生きなければならないのです。生涯を終えるときもまだ新しい時代は確立されていないかもしれない。

「旧都荒れ果て、新都いまだならず」という状態がかなり続くと思われます。

二十一世紀は、大乱世、人心荒廃の大転換期でしょう。

子供たちも大人と同じおびえをみんな感じている。その中をどのように生きていくのか。もちろん、つかの間のベル・エポック（美しい時代）はあるかもしれないけれども、大乱の時代を生きる覚悟を決めなければいけないとつくづく思います。核の問題ひとつとっても、真の核の恐怖はこれから二十一世紀に始まるのです。

人間と同じように国の制度も社会も、青年期、壮年期、成熟期を経て、そして老いていきます。「早熟は早老」、早熟したものは早く老いる。

「おごれる人も久しからず」です。

社会でも人間でも、老いていくことは、はっきり言えば無惨なものです。その中でも、私たちは希望を捨てるわけにはいきません。何とか元気よく生きていくことはできないだろうか、と考えます。

そのためには、いまがそういう時代だと覚悟して、まず人間の存在を大事に考えることでしょう。自分というかけがえのない、たったひとつの存在、そこに価値を見いだしたいと思うのです。

59 問題は〝委任社会〟になったこと

いまの一番の問題点は、私たちの社会が〝委任社会〟になってしまっていることではないでしょうか。物事を何でも気軽に他人の手に委《ゆだ》ねてしまう。

子供の教育に関しては、学校と先生にお任せする。そして、何か問題が起きたりすると、学校と先生に文句を言う。任せた瞬間から、子供の教育は自分が見るという気持ちが失われているのです。そして、しつけまで学校で見てもらおうとする。学費は払っているし、国の税金は納めているから当然だという考えです。

個人の資産運用、財政の問題は銀行や政府に任せる。税金の使い道も役所に任せる。公的介護や福祉については、官僚に任せる。個人の健康に関しては、医師に任せる。

このように「任せる」ということは、〈自助努力〉というものを放棄する傾向につながっていきます。税金の使い方を官庁に任せておけない、という人々が出てきたために、最近は地方自治体が交際費の問題でもめるのです。お役人に健康の行政は任せられないとみんなが言いだしたからこそ、情報開示も少しは行われるようになってきた。

たとえば、医者を信頼し、ごちゃごちゃ素人知識を並べたてない患者が良い患者だ、とよく言われる。看護師さんの指示に素直に従う患者が一番治りが早い、とも言われます。それには一理あると思いますが、逆に、医者を素直に信じて、どれだけの犠牲者が出たかも考えなければならない。C型肝炎のウィルスは十年前まで確定されていなかった。ところが、いまやC型肝炎のウィルスによって、肝硬変《かんこうへん》と肝臓ガンが起こるというのは常識になっています。それまでこうした病気は、すべてアルコールが原因、酒の飲み過ぎだと言われていたのです。

患者の方でも、病院にすべてを委ねるということを再考する必要があります。でも、検査をなるべくしないということは、非常なリスクを伴います。もし病院にできるだけ行かないと決めると、絶えず自分で自分の体に注意を払わなければならなくなる。そこで、どこか体から聞こえてくる声、異常を訴える感覚、何か変だなと思う予感、こういった隠された能力というものに、私たちは注意深く耳を傾けなければならなくなるのです。そして眠っているこういった予感能力を育てることによって、未病《みびょう》の段階で自分の生活を変えることが可能になるでしょう。

これまで私たちは、さまざまなことを他人に委任することで、自分の持っている能力を鈍麻《どんま》させてきたのではないかと思うのです。

⑥⓪ あらゆるものがバーチャル・リアリティ化する

いまの時代は、あらゆるものがバーチャル・リアリティ（仮想現実）化しています。たとえば、近鉄が大阪ドームをつくり、中日が名古屋ドームをつくりました。野球はどんどんドームでやるようになる。

ドームでやる野球というのは、雨で中断することも、泥だらけでランナーがすべって転ぶ意外性もない。完全なバーチャル・リアリティの世界になってしまうわけです。今日はナイターがある、と楽しみにしていたのが雨で中止になるのは残念です。でも、やっぱりあの夜の空気を浴びて夜空の白い打球を目で追うのがなんとも言えない。そのうち、これは夢みたいな話ですが、ゴルフ場もドームになるかもしれない。

私は、雨の中でゴルフをやることがありますが、そういう経験があればあるほど、小春日和《こはるびより》のなんとも言えないいい日の歓びがわかる。一九九六年の夏に北アイルランドのロイヤル・バークデイルというゴルフ場に行ったのですが、ここは妙義山《みようぎさん》か河川敷《かせんしき》かと思うくらいすさまじいところです。イギリス人は、自然と闘うようにしてゴルフをエンジョイしている。彼らはまだスポーツをバーチャル・リアリティ化していない。

日常生活でも、いまの日本はバーチャル・リアリティ化しています。

私は就職が非常に難しい時代の大学生でしたから、自分はいまで言うフリーターみたいな生活を一生続けていくのかな、と漠然と思っていました。しかし、その当時の学生のほうが、いまの学生たちよりもはるかに生き生きとしていたし、目も輝いていたように思います。

いまの子供たちは生まれたときから、この世は幸福と文化的な生活が憲法で保障されていると教育され、苦痛だとか寒さだとか暑さから遠ざけられて育てられてきた。ですから、自分の免疫力も低下し、他人の痛みを理解することができなくなっているのではないでしょうか。

私たちには、イワシやサンマを食べるとき、うまいと思う半面、人間はなんと残酷な生き物なのだろう、お許しくださいと無意識のうちに考える感覚がどこかに残っている。しかし、ハンバーガーを食べているときは、そういった感覚はほとんどない。ましてカロリーメイトだったりすると、まったくありません。

食生活がバーチャル・リアリティ化しているのです。

その結果、私たち大人はまだしも、子供たちは、食生活の上でも、生命の重さとそれを消費して生きている自分という存在の残酷さを実感するチャンスがなくなっています。

⑹ 本当の心のバブルが、いま訪れて

最近の免疫論の中から導き出された、〈地球免疫論〉という考え方があります。

この理論は、地球を一個の生命体と考えて、そこに生存する草木や動物や人間を、地球が〈自己〉か〈非自己〉かを判断し、自己の一部と見なせば〈寛容《かんよう》〉し、〈非自己〉の場合は拒絶的に排除する、そういう考え方です。

その観点からみれば、最近の天変地異の激増や新種の伝染病の発生は、いままで人間という存在を寛容してきた地球が、どうも人間は異分子らしいと認識して、排除し始めているのではないか。つまり、人間を地球に害をなす他者＝非自己だと地球が認識したために、人間への拒絶反応が起こっているのではないか、というふうに考えられるわけです。

この考え方は、恐ろしい予感をはらんでいます。

「やがて何かが起こるのではないか、その何かが近づきつつあるのではないか」という恐怖感によって、ハルマゲドン（地球最終戦争）や末世《まっせ》という言葉が、常識ある人や科学者の心さえもふっと誘うような瞬間がある、ということが考えられます。

一個の生命体としての地球が免疫機能を発揮して、それまで寛容してきた人間を拒絶し始めた。それがハルマゲドンである、と考えると納得がいくわけです。

科学の最先端にいる人は、たぶん無意識のうちにそうした恐怖を強く感じているのでしょう。ですから、村井《むらい》秀夫《ひでお》のような科学者が、オウム真理教のようなカルト教団にいとも簡単に入信してしまったのではないでしょうか。

科学者だけではありません。阪神・淡路大震災の被災者の間では、復旧もままならず、「明日はどうなるかわからない」という無常観が深く広がったそうです。

そうした人たちだけでなく、日本には二十年、三十年の長期ローンを抱えている人が大勢いて、中には親子二世代にわたるローンの人もいるでしょう。これら長期ローンを抱えた人の中にも、最終戦争でもハルマゲドンでもいい、一度ローンがご破算にならないかという無意識の願望を持つ瞬間がないとは言い切れない。

私たちはいま、精神的な確かな拠り所を見失って、心の拠り所がないまま、泡のように浮遊している状態と言っていいようです。本当の心のバブルは、いま訪れているのではないかと思うのです。

62 人生をどう制御して減速していくのか

戦後五十年というものは、ひたすら加速し続けてきた五十年だったと思います。しかし、これから先の五十年は、〈減速〉ということが重要になってくるのではないか、という気がします。

たとえば、車に乗り始めのころは、ゼロヨン何秒とかいって加速することに快感を覚えます。ところが、二十年くらい乗りこなすと、ブレーキングの優れた車がいい車だと思えてきます。ＢＭＷは、いまはひどくポピュラーな車になっていますが、あの車は減速のタッチが素晴らしいのです。ブレーキを踏んだときに、まず、グウッーと後ろから襟首《えりくび》をつかまれるような心地よい快感があって、それから、ビロードの布の上をすべりながら徐々にスピードを落としていくような感じがします。この感覚が非常に素晴らしい。

そういう、〈減速の美学〉というものが、非常に大事な時代に入ってきています。

それから〈制御〉です。

制御というのは、ガン細胞の増殖を制御することでもあり、あるいは原子力発電の制御棒のような役割でもあります。それに、森林破壊にしろオゾン層の破壊にしろ、何かを制御していかないと、人類は生き延びていけないところまできています。交感神経ではなく副交感神経、アッパーよりダウナー、山を一気に駆け登ることより、ゆっくり下山していく方向に向かう。

つまり、いまは、自分の人生をどう制御して減速していくかという方向に注目すべきではないかと思います。

そうは言っても、これからの人生は退屈で面白くない、ということではありません。私は、死を忌《い》むべきものではなく、楽しく迎えるべきものと考えたいと思っています。つまり、死へ向けて歩いていくことが、新しい出発点に向けて歩いていくことなんだ、という考え方なのです。

たとえば、ＨＩＶ抗体が陽性のキャリアでも、エイズが発症するとは限りません。しかし、死は一〇〇パーセント発現します。ということは、人間はすべて死のキャリアなのです。

であるなら、その死というものは惨《みじ》めなものではなく、豊かで艶《つや》やかで、そして歓びに満ちたもの、仏教の説く極楽浄土みたいな、そういうものとしてとらえ、いかにして自分の人生を制御し、減速してその死に辿《たど》りつくかを考えるほうがよいと思うのです。

63 絶句して立ち往生する心

どうして、こんな世の中になったのでしょうか。

この五十年間、私たちは経済成長第一でやってきて、経済的には損だけど、カネより大切なものがあるということをみんな見失ってしまった。損と得の間にいろんな価値観があるということを忘れてしまったのです。価値の基準がすべてデジタルになったのだと思います。

たしかに高度経済成長は達成できたけれど、そのために科学合理主義を徹底させ、その一方で涙とか感動というエモーショナルな部分をすべて切り捨てていった。たとえば、神戸の事件について言えば、テレビ局のゲストの選択の仕方に問題があるとしても、なぜ、しかるべき宗教家や哲学者が堂々と意見を述べないのか、非常に不思議です。

キリスト教なら、安全な九十九匹の羊よりも一匹の迷える羊に心をいたせという立場でしょう。そういう立場の宗教家なら何を言うのか。そこが聞きたい。仏教なら、酒鬼薔薇少年と被害者の小学生とを、阿弥陀仏《あみだぶつ》は平等に救ってくれるのか、それを教えてほしい。

ところが、テレビの画面では、評論家や心理学者たちが理路整然と何かを語っている。本当は、そういう問題ではないはずです。

近代とはひとことで言えば、知の世界です。前近代というのは、涙の世界だったり、怨念《おんねん》だったり、センチメンタルであったり、ロマン主義であったり、つまりは情の世界です。戦後一貫して五十年の歴史の中で、いまだに知の世界が優先して、情とかルサンチマン（怨念・情念）というのは差別視され、蔑視《べっし》されてきました。近代の超克《ちょうこく》などまったくできていません。

私は知識人は傲慢《ごうまん》だと思います。むしろトルストイの言うように「知識人や芸術家は一介《いっかい》の農夫に学ぶべきだ」と素朴に思う。目覚めなければならないのは、知識人の方です。

いま必要なのは、神戸の震災や酒鬼薔薇事件を前にして、理路整然と解説することではなく、絶句して立ち往生する、その心です。それが普通だし、大切なことです。

たとえば、子供が自殺した学校の校長や教頭が、「うちには責任がない」とか「いじめの事実はない」と明快にすら言うのはどこかおかしい。神戸で殺された子が通っていた小学校の女性校長は、絶句して涙をぽろぽろ流していた。あれが普通です。

そういう反応を前近代的、情緒的だとして排撃してきたのが戦後の歴史なのです。

64 この国が平和であるという幻想を捨てる

私たちを取り巻く政治・経済・教育・宗教にいたるまで、いま、時代はいよいよ混迷を深めています。阪神・淡路大震災、地下鉄サリン事件、底知れぬ政治的混乱、バブル崩壊からいまだに立ち直ることのできない経済、さらには神戸では中学生による小学生殺傷事件と、世紀末を象徴するような出来事が続発して、私たちの心を暗澹《あんたん》たる思いにさせています。

そういう時代に登場して人々の心をとらえたのが、プラス思考を訴える『脳内革命』という本でした。私はこの本を批判するつもりはありません。しかし、大事な核心に触れず、入り口で止まっている部分があるように思います。どうしても、プラス思考ができないギリギリの極限状態で、プラス思考で考えようと必死にがんばってもできない人たちをどうするか。

たとえば、酒鬼薔薇という少年を生み出してしまった親は、いったいどう考えればいいのか。彼を自分のクラスから出してしまった教師は、その問題をはたしてプラス思考で受けとめることができるのか。

また、子供から殴られて殴られて、カウンセラーから「とにかく耐えて我慢しろ」と言われ、涙を流しながらそれに耐えていた父親が結局、息子を殺してしまうという事件がありました。この父親に対してプラス思考で考えろと言えるでしょうか。

現実にプラス思考だけで救われない世界があります。プラス思考と対《つい》をなして、大きなマイナス思考という重要な世界がある。そのマイナス思考のどん底の中からしか本当のプラス思考はつかめないというのが、じつは私の考え方なのです。

暗黒のなかで光を探し求めている人間こそが、一筋《ひとすじ》の光を見て心が震えるほどの感動を覚えることができるのです。人工照明でキラキラと輝いている世界に一年中いる人が光を見たところで、別に驚きもしなければ感動もしないでしょう。

最近ようやく、暗黒の中にいるという自覚が私たちの中に少しずつ芽生え始めてきました。ですから自分を照らして、世間を照らし、行く道を照らしてくれる光がいま、欲しいのです。しかし、戦後五十年の峠を越したこの数年の間、日本人は焼け跡の中をさまよう迷子のように右往左往しつつ、生きる支えとなる杖や言葉、光を見出せないままに時代は推移してきました。

そして、ますます深まるばかりのこの混迷から抜け出すためには、まずいまのこの国が平和であるという幻想を捨てなければなりません。

⑥⑤ 当てにできるものは、どこにもない

まもなく、私たちは新しい世紀を迎えます。

この世紀末を欧米では、ミレネールと呼ぶそうです。ただの世紀末ではありません。一千年、二千年、さらに三千年へ向けての千年単位の「大世紀末」です。その世紀の活断層が私たちの目の前に広がっています。現在、私たちの目の前で起きているさまざまなこと、それはほんの序章にすぎないのかもしれません。

特に、日本人は戦後五十年を経て、これまでの時代が精神的支柱のない経済的成長、経済的繁栄だったことに気づき始めています。五十年もの間、平和で安定した時代を生きてきたため、バブル経済の崩壊後、従来の経済成長という価値観に代わる、新しい価値観を見出せずにいるのです。そして、私たちは何もできず、ただ呆然と立ちすくんでいるように思われます。

その表れなのでしょうが、政治はますます混迷の度を深めていますし、経済はバブル崩壊後、依然として活力を取り戻せないままです。さらに、宗教はオウム真理教事件に代表されるように、求心力を失っている。もはや、政治、経済、さらに教育や宗教にいたるまで信じることが

できない、いわば〝不信の時代〟です。

それは日常生活を振り返ってみてもわかることでしょう。絶対につぶれないと言われていた銀行があっという間につぶれ、もはや預貯金を当てにして老後の設計をするわけにいかない。土地や株式、貴金属さえ頼りにならず、社会的地位や自分が属している企業さえ、必ずしも安全ではありません。一瞬のうちに多くの命をも奪ってしまう阪神・淡路大震災以上の震災や災害が起こったら、と考えると、本当に信頼し、当てにできるものなど、どこにもないと言っても差し支えないでしょう。

戦後、多くの日本人は、自分の身を国や体制に依存してきました。定年退職するまで企業に依存し、病気になれば病院に依存し、子供の教育は学校に依存してきた。そして管理主義、偏差値重視の教育は、依存型人間を大量に生産してきました。

そうすることで、日本人は世界で比類のない経済発展を遂げ、豊かさを手に入れてきた。しかし、私はその豊かさと引き替えに、日本人は大切なものを置き去りにしてきたような気がしてなりません。そのツケが〝不信の時代〟の到来ではないでしょうか。

⑯ ちっぽけな自分を超えた宇宙の波動

陸中海岸で朝日がのぼるのを見ました。茜《あかね》色の空がしだいに透明に白んでくる。そのうち鯨のような雲が緋色《ひいろ》に染まり、ふいに金赤にもえあがったと見ると、強い光がこちらの頭蓋《とうがい》をぎらりと刺しつらぬきました。松林も、海面も、岬も、生き返ったように薔薇《ばら》色に輝いています。目をほそめて太陽を見つめる。子供のころよくお日さまを囲んで光の束を四方に描いたものですが、それと同じ金色の矢がレーザー光線のように揺れながらこちらへさしてきます。岬の上の錦雲が、なんとも言えない色に染まって、ああ、これが昔の人の想像した浄土《じょうど》の色か、とふと思いました。

しかし、よく考えてみると、朝日がのぼるのを見て浄土を連想するというのは、なんだか変な気がしないでもない。古くから西方浄土《さいほうじょうど》と言って、極楽浄土《ごくらくじょうど》は日の沈むかなたに想像されてきたのです。大和盆地の西方、二上山《ふたかみやま》のかなたに沈む夕日に浄土を思い描いた恵心僧都《えしんそうず》源信《げんしん》の物語は有名です。

朝日は神道、夕日は仏教、となんとなく勝手に区分けして考えていたのですが、こうして日の出の光景を目にしてみると、そんな狭《せま》い発想がばかばかしくなってきます。思わず、「ナーム・アミータ！」とつぶやいてしまいました。

ナーム・アミータというのは、南無阿弥陀仏のブッダを勝手に省略したものです。ナームは、思わず頭をたれて大きな力に身をゆだねるような気持ちを言うのでしょう。アミータは、古いインドの言葉で「アミターユス」または「アミターバ」からきた表現だと教えられた記憶があります。時間と空間を超えて輝く無限の光、久遠《くおん》のエネルギーのことです。

人はときどき不思議な感覚をあじわうことがあります。ちっぽけな自分を超えた大きな宇宙の波動のようなものを、体全体で感じる瞬間がある。それほど大げさなことでなくても、思わず「あっ」とか、「ああ」と溜息《ためいき》を漏らすときがあるものです。そんなとき、ふと「ナーム・アミータ」とつぶやいてしまう癖が、いつのころからかついてしまいました。

陸中海岸で日がのぼるのを見て、思わず「ナーム・アミータ」とつぶやいてしまったあと、睡眠不足にもかかわらず、いつになく体全体が生き生きと華やいでいるような感覚がありました。目に見えない細胞たちがざわざわ粒立って、なにかお互いに元気にしゃべりあっているような、それはじつに奇妙な感覚だったのです。

67 戦争に敗けるとは夢にも思っていなかった

驚くべきことですが、私たちの世代の大部分は日本が戦争で敗けるとは夢にも思っていませんでした。

戦後になってしばしば耳にした話があります。それは、日本が敗けることは最初からわかっていただとか、ポツダム宣言の内容や敗戦への経緯《けいい》などとっくに知っていた、とかいう得意顔の言説《げんせつ》です。

つまり、一部の頭のいい人たちや、国際知識を持ち合わせた冷静な知識人にとって、敗戦は当然のなりゆきだったという話なのです。

その手の発言を聞くたびに、私はかっと頭に血がのぼるような気がしたものです。だったらあなた方は、そのことを私たち愚《おろ》かな一般人になぜ教えてくれなかったのか。胸ぐらをつかんで問いつめたいような怒りをしばしば覚えたものでした。

師《し》範学校《はんがっこう》の教員だった私の父親は、敗戦当時、剣道五段で武徳会の役員をやり、いっぱしの皇道哲学者を気取っていた植民地の下級知識人のひとりでした。彼は九州山地の奥深い山村に農民の子弟《してい》として育ち、師範学校を給費生として卒業して教育界に入った人間です。やがて外地に渡って朝鮮人学校の校長をつとめながら、毎夜、朝まで机にむかって勉強を続け、なんども検定試験にチャレンジしてようやく師範学校の教員のポストにたどりついた人物です。

父親の書棚にはヘーゲルや、西田幾多郎《にしだきたろう》や、平田篤胤《ひらたあつたね》、柳田國男《やなぎたくにお》、谷口雅春《たにぐちまさはる》、石原莞爾《いしはらかんじ》や、そのほかいろんな人の著書が無定見《むていけん》に並んでいました。

国漢の教師でしたから、漢文の本もたくさんありました。詩吟《しぎん》が得意で、私に対して朝は古事記の素読《そどく》を強制し、夕方は詩吟を練習させるのですが、本当は寿々木米若《すずきよねわか》や天中軒雲月《てんちゅうけんうんげつ》などの浪曲が好きで、書斎でこっそり『佐渡情話』の一節などを唸《うな》っているのを、母と笑いあってのぞいたこともありました。

そんな父が、日本は敗けるどころか、絶対に勝つと信じていました。

山本五十六《やまもといそろく》提督が戦死したニュースをラジオで聴いていた母が、「ひょっとしたら、この戦争、敗けるんじゃないかしら」とひとり言のようにつぶやいて、父から平手打ちをくらったことさえあるくらいです。

その父親が、敗戦を知らせる天皇の放送を聴いたときの姿は忘れられません。

まったく呆然自失《ぼうぜんじしつ》のていでした。きっと何がなんだかわからなかったに違いありません。敗けることなど考えたこともなかったのです。

68 母親をリヤカーに乗せ、弟や妹の手を引きつつ

敗戦を伝える放送があった日の夕方、父親の教え子だった朝鮮人の学生たち数人が、腕に赤い腕章を巻いて家にやって来ました。中には、拳銃を腰に下げている学生もおり、赤い腕章には人民委員会の文字が染め抜かれていました。

「すぐ列車に乗ったほうがいいですね」、と彼らは私たちに言いました。

「まだ平壌《へいじょう》駅から列車が出ているはずです。軍人や役人の家族たちはどんどん荷物を抱えて南下していますよ」

自信に満ちた物腰の学生たちに圧倒されたのか、父親は黙ってうなずくだけでした。

「どうします？　急いで荷物をまとめましょうか」と、体調が悪くて寝たきりの生活だった母が不安そうに言うと、父親は首を振って、「いま内地に帰っても、むこうは大変だろうし、しばらく様子を見たほうがいい」と言い、書斎からノートを持ち出して庭で焼きはじめました。

それは、彼がもう何年もかかって書こうとしていた本の下書きで、題名は『禊《みそぎ》の弁証法』というものでした。

ラジオはくり返し、「治安は維持される。一般邦人《ほうじん》は軽挙妄動《けいきよもうどう》を慎《つつし》み、現在地にとどまるよう」と、指示していました。「ラジオもああ言っているから」というのが、母親の提案を無視する父親の根拠でした。ラジオから流れる指示には限りなく忠実に従うのが習慣となっていたのです。

そんなわけで、私たち一家は平壌駅に行かなかったのです。そして、一ヵ月もたたぬうちにソ連軍に家も家財道具も接収《せつしゆう》され、寝込んだ母親をリヤカーに乗せ、弟や妹を連れて市内をさまようことになったのです。パスポートを持たない難民の暮らしは、それから一年以上も続き、やがて私たちは死亡した母の髪の毛一束《ひとたば》を持って、三十八度線を徒歩で越える脱出行を企《くわだ》てることになりました。

内地に帰還したあと、父親はほとんどアル中状態で晩年を過ごしました。闇《やみ》商人や飲用アルコールの密造などにも手を出し、そのことごとくに失敗して結核で死にました。

戦争と平和の狭間《はざま》で死んでいった大半の日本人が、父親と同じだとは言わない。しかし、私たちは愚《おろ》かだったし、その愚かさゆえの罪と罰を、身をもって体験したのでした。

私たちは愚かしく、弱い存在です。これから先、日本国民が二度と過《あやま》ちを犯さないなどとは思わない。しかし、私たちは貴重な体験をしました。国家と同じように、自分たちを安易に信用しない、という一点だけでも大切にしてゆきたいと思っています。

69 民衆は愚かなものなのか

朝鮮半島のピョンヤンは、かつて、旧朝鮮総督府の平安南道の道庁所在地でした。当時は、平壌《へいじょう》と呼ばれていました。

私は中学一年生で、昔風に数え年で数えるなら十四歳の少年でした。

母国の敗戦を旧植民地で迎えるという歴史的体験をほとんど持たなかった私たち日本人にとって、敗戦はまったく想像を絶する事態であったと言っていい。

他国と国境を接し、くり返される戦争と平和の苛烈《かれつ》な現実をなんども見てきたような国の国民とちがって、当時の日本人はほとんどイノセント（無垢《むく》）な敗戦国の民衆だったのです。

民衆は愚かであり、大衆は操作されやすいものだ、という浅はかな見方に私は賛成することはできません。

朝鮮から引き揚げるとき、ロマンティックにではなく、自分の体験の中で、普通の人間の驚くべき知恵や偉大な人間性に、たびたび触れる機会があったからです。

そういう人々の助けなしに、私はあの混乱の状況から母国へ引き揚げてくることは不可能だったでしょう。そのことを思うと、当時の日本人たちを頭からばかにし、あれこれ批判することはできない。

しかし、だからといって戦中、戦後のこの国の指導者たちばかりが愚かで、民衆はその被害者である、というふうに言い切るわけにもいきません。そこが辛《つら》いところです。いまにして思えば、あのころの私たちは、たしかに主体性がなく、ほとんど自明の状況を判断する知力すら欠けていたと認めざるをえないでしょう。

はっきり言って、私たちはひどく愚かだったと思います。

まず私たち一般の日本人は、あれほど客観的に国が追いつめられていることが明らかなのに、日本が戦争で敗れるという事態を想像できなかった。

植民地に暮らしていれば、祖国の立場については特に敏感であるのが普通だろうと思います。自衛本能というものがあるとするなら、植民地で宗主国の国民として生きることがどれほど危《あや》うい立場であるかを、おのずと感じられるのが当然ではあるまいか。

しかし、私たちはその危機意識がほとんどなかった。

植民地時代の罪ということを言うなら、その原罪《げんざい》は、その点にこそ潜《ひそ》んでいると考えるべきではないかと思います。

70 戦後の「焼け跡の焦土《しょうど》」といま

私は中学一年生の十三歳の夏、平壌《ピョンヤン》で終戦を迎え、日本に引き揚げてきたのは敗戦になって一年半ぐらい経ってからのことでした。仁川《インチョン》から博多行きの引揚船の中で、日本ではいまこういう歌が流行《はや》っているんだ、と言われて船員たちから教わったのが『リンゴの唄』だった。なんて明るくて楽しい歌なんだろうと思ってわくわくしたことを憶《おぼ》えています。

上陸した博多の街では、エネルギーが町中にたぎっているような感じがしました。闇市には、キラキラ光るミカンが山積みになっていて、金さえ出せば、モノがこんなに手に入るということは、素晴らしいことだと思った。そこには「青空」があったのです。

あれから五十年目にして阪神・淡路大震災が起こり、神戸の街の焦土《しょうど》の映像をテレビや新聞でいやというぐらい見せられました。私がそこで見たのは二重写しになっている戦後の焦土でした。一九四五年の三月十七日に空襲を受けて、神戸は一度燃えたことがある。今回は、神戸にとって、二度目の焦土ですが、今度の焦土には、かつての戦後の焦土の上にあった「青空」のかけらもないのです。

敗戦後の日本は、生活そのものはじつに貧しかったし、闇米《やみごめ》を買うことを拒否した裁判官が餓死したり、戦争未亡人たちがガード下で売春をするというような悲惨な例はありました。シラミだらけの浮浪児たちがあちこちで野宿しているという現実もありました。

にもかかわらず、五十数年前のあの焦土には、明るいエネルギーが充《み》ち溢《あふ》れていたのです。

そのころの日本人は、この中から立ち直っていくんだという、ナショナル・フィーリングとも言うべき一体感がありました。歌謡曲にしても、美空ひばりなどの、国民がこぞって歌うような歌が大流行するという感じで、戦争中とは別の一体感があったと思うのです。

ところが、五十数年経って日本はどうなってしまったのでしょうか。

いまの日本人は、言葉の本来の意味での、ラディカルな、根源的な疑問を提出しないまま、不安を感じながらも、その不安に目を背け、日常の中で気を紛《まぎ》らわせながら生きているような気がします。じつのところ私たちは日本という国はどういう国なのか、日本人は何者なのかといった、もっとも重要な問題に触れようとはせず、表層的な議論をくり返してきたにすぎません。

その矛盾がどうしようもなく膨《ふく》れ上がり、覆《おお》い隠せなくなった状況が、現在の閉塞感《へいそくかん》につながり、「魂の焦土」を生み出しているのではないでしょうか。

㉛ 人はみな泣きながら生まれてくる

「人生に希望というものは本当にあるのだろうか」

この問題は、私が若いときからずっとひそかに考えてきた答えの出ないテーマです。人間はふだん、こういう問題について、あれこれ思い悩むことはあまりありません。しかし何かの理由で、ひどく、落ち込んでしまったときなどに、ふと頭をもたげてきます。

こうしたことを考えて、何となく気持ちが沈んできたりするときに、たとえば若い人なら、クルマを飛ばしたり、カラオケで歌を歌ったりして気を紛らわせようとするでしょう。問題と正面から向き合うことを避け、目をつぶってやりすごそうとするわけです。

しかし、こういう問題は、いつかは真剣に問いかけなければいけない瞬間がやってきます。それは早ければ早いほうがよい。若いころからくり返し自問自答しながら生きたほうが、歳をとってから気づくよりもはるかに幸せなのではないか。

なぜそう考えるかというと、「人生にはレディメイドの希望はない」というのが、私の結論だからです。

私がいつも引きあいに出す話ですが、シェイクスピアの有名な戯曲《ぎきょく》である『リア王』の登場人物の台詞《せりふ》の中に、「人はみな泣きながら生まれてくるのだ」という印象的な言葉があります。ここには、三つの否定できない真理が含まれています。

第一に、人は自分で自分の生まれ方を決めることができないということです。どの時代にどの国の、誰の家に生まれるか、どの民族に、どのような職業の家に生まれてくるのか、体つきや才能、個性、遺伝子も自分では決定できない。人生の第一歩からして自分の意志を超えた、何らかの力で、本人の努力と関係なく決められてしまうのです。

第二に、人間の一生は日々、死へ向かって進んでいく旅である、ということです。人間にとって未来には死以外の選択肢はありません。人間は悲しいかな、死へ向かって毎日一歩ずつ近づいていく、はかない存在にすぎない。

最後に、人生には期限があるということです。百歳を超えて生きることは至難のわざです。二百歳まで生きられる人はいません。どんなにお金があって、どんなに権力をもっていても、不老不死は不可能です。

これら三つのことがまざまざと目に見えるように感じたとき、人間はどうしようもなく、人生のはかなさや、やるせなさを感じ、わけもなく深い思いの淵《ふち》に沈んでしまうのです。それを明治のころの人々は〈暗愁《あんしゅう》〉という言葉で呼びました。

(72)「わがはからいにあらず」というつぶやき

あなたの信条は何ですか、と訊《たず》ねられたりしたとき、心の底にふっと浮かんでくる言葉は「わがはからいにあらず」という低いつぶやきです。

私はこれまで、できることなら病院へはなるたけ行かない、という主義で暮らしてきました。目に見えない大きな力に任せよう、と思って生きてきたからです。健康診断にしても、昭和二十七年に大学に入るとき診断書を出すことになり、いやいやながら、レントゲンを撮ったのがたった一度きりの被《ひ》曝《ばく》体験です。いまでも五十歳過ぎてからの成人病というのは、結局、老いの結果であって、老眼と同じなのではないかと考えています。

ただ、欠かさずに毎晩、ベッドの中で行う我流《がりゅう》のエクササイズがひとつだけあります。

明日の朝、目覚めなかったとして、それでいいのか。朝起きて、今日一日しか生きられないとしても、それでいいのか。この問いかけを、ここ二十年近く、毎晩、就寝前にくり返し自分に問いかけてきました。これをくり返し続けていますと、なんとなく生と死が幻想のような気分になってきます。

私の母親は敗戦の年に四十二歳で外地で死にました。父親は五十代なかばで世を去っています。兄弟も三人亡くしていますので、人よりは少し多く死を日常的に見てきたと言えるでしょう。ですから、人生は大きな流れに任せたいと、つとめてそう自分に言い聞かせてきたのでした。

そう感じるようになった背景には、家庭環境も反映しているのかもしれません。父が学校教師だったので、あちこちに転々として育ったのです。小学校を三回、中学校を四回かわりました。定住どころか自分の家というものを持ったことがない。いつも官舎とか社宅の仮住まいです。そのせいか、私は遊牧民のように、ひとつところに根を下ろすということにあまり関心がありません。自分の生きてきた証拠とか、自分の足跡《そくせき》なんかは風に吹き消されていくように、すべて消し去りたいという思いが強い。ですから、自分が何冊本を書いたかということも知らないし、自著を保存もしていません。これは、敗戦と引き揚げという体験の中で、一挙に自分の存在の様式を壊されてしまった少年の後遺症かもしれません。

私は、ひとりの異邦人として母国に帰ってきました。帰ってきた人間は、帰れなかった人たちの死の上に、生き残って日本の地を踏むことができたと言えるでしょう。そして、非常にエゴが強く、他人を押しのけてでも生きていこうとする生命力と業《ごう》の強い人間だけが、辛うじて生きて帰ってきた。善良な心優しい人間は、黙って倒れていったのです。

73 先が短いことを幸せに思う世の中

私は川のある街というのが大好きです。盛岡は町なかを北上川と中津川が流れ、金沢には犀《さい》川と浅野川があります。京都にも、鴨川があり高瀬川があり、そして祇園《ぎおん》には白川がある。川の水は絶えず流れていくけれども、その水の流れは絶えません。鴨川を明治維新の志士《しし》も見ただろうし、戦後のいろいろな人たちもまた見ただろう。室町時代は死者がごろごろしていたかもしれないし、やがて歌舞伎などの芸能も行われていた。川べりに立って水の流れを眺めていますと、自分も一滴の水として流れ去っていくだろうけれども、どこかでその川の流れにつながっているという、自己の生命が連続している感じをふっと受けることがあります。

私はいま、羨《うらや》ましい死に方の実例を集めています。いくつかご紹介しましょう。

ガンにかかったあるおばあさんは、とても気丈《きじょう》なかただった。そして病院に行くことを拒否して、死ぬ直前まで家の中で立ち働いていたそうです。そして死ぬ三日ほど前に家族が集まってきて、三日後に「それじゃあね」と言って亡くなった。それまで、そのかたの身の処し方を家族や周りの人が見ていたから、息絶えたときにみんなが思わず拍手を送ったという。

立派な死に方だった、素敵だねえと拍手で送られる死に方というのは見事です。

もうひとつ、私の友人の祖母の臨終のときの話ですが、息が絶えたときに、死に水を取ろうとした。周りの人が「脱脂綿《だっしめん》どこにあるのかな」と言ったら、「タンスの上から三番目」という声がした。その声の主は、死んだはずの祖母だったそうです。

みんなが「えっ？」と驚いたそうですが、いろいろな死に方があるものです。

周りの涙を誘う死に方だけでなく、笑いを誘うような死に方もあっていいんじゃないかと思います。

よく死んだ、と言われるのも、往生のひとつの形です。

ただ、どうもいまの時代はよくないと感じます。というのは、私が家にいて話をすると、すぐに「よかったなあ、おたがい歳とって先が長くなくて」という会話になる。「自分がいままだ二十歳ぐらいで、この先六十年も生きなきゃいけないんなら、気が狂うかもしれないね」と語り合うのですが、これは正直な実感です。

歳をとって、先が長くなくてよかったなあ、としみじみ幸せに思うような世の中は、やっぱりどこか変な世の中なのではないかと思われてなりません。

㉔ 親鸞の思想を俗世の大衆に手渡すこと

ここ数年、中高年のサラリーマンの間で、仏教に対する関心が高まっています。この背景には、時代的な脱サラ、いつ会社がつぶれるかもわからない、あるいは自分がリストラの対象になるかもしれないという深刻な不安があるように思います。これまでとはまったく別の次元で生きてみたいという欲求が高まってきているのではないか、という気がします。

別の角度から、〝グローバル・スタンダード〟の時代に突入したことと関係するかもしれません。金融の世界だけではなく、いま日本人すべてが〝グローバル・スタンダード〟、つまり自己責任への適応を迫られています。英会話しかり、パソコンしかり。それと同じで、なにがしかの宗教を持っていることがグローバル・スタンダードだ、という考え方の中では、無信仰というのが通用しなくなってきているのかもしれません。

私が蓮如と関わったのは、十七年前に休筆して龍谷《りゆうこく》大学に行ったときからです。たまたま仏教史で蓮如の授業を受けました。そのときの授業は、蓮如が近江地方における惣村《そうそん》、つまり原始的なムラに「講《こう》」という組織を導入していく成立の過程がテーマでした。それで、私は、蓮如は中世のワレサであるなどと盛んに発言したものです。

ちょうど、ワレサが「連帯」を率いてポーランドで暴れ回っていました。片手にカトリック教会を握り、片手には自主管理労組「連帯」を握って、共産党の大勢力と戦っていた。これは蓮如がやったことと一緒だと思ったわけです。その後、『中央公論』で戯曲『蓮如』を連載している最中に、阪神・淡路の大震災があった。あのときは、連載を続けるべきか、神戸に駆けつけてボランティアをするべきか、ずいぶん悩みました。

応仁《おうにん》の乱の真っ最中に、蓮如が寺でひたすら『御文章《ごぶんしょう》』（お文《ふみ》）を書き続けているときに、時宗《じしゅう》のお坊さんたちはさまざまな形でボランティアをやっている。いったい自分は念仏を唱えているだけでいいのか、と蓮如が悩むくだりは、まさしく私自身の悩みでした。

蓮如という人は、とてもシリアスでありながら、ものすごく大衆的でもあります。ときの流れの中で汚れきっていた親鸞の他力思想を純化しようとした。同時に、その純粋な思想を俗世間の大衆の中に手渡していこうという絶対不可能とも言えることをした人です。

親鸞聖人《しょうにん》の魅力は、思想とか信仰、論理の魅力です。それに対して蓮如は、言っていることが矛盾に満ちている。でも、人間的な魅力の大きな人です。そういう魅力ある人だからこそ、絶対不可能と思える難事業に取り組めたのでしょう。

75 「酒はこれ忘憂《ぼうゆう》の名あり」の至言《しげん》

親鸞は非常におもしろい人で、こういうことを言っています。

お葬式に行くと、近親者が遺体を囲んで、嘆き、悲しんで、泣きわめいている。それを叱る坊主がいると言うのです。

「この人は、いま光に包まれて浄土へ迎えられた。それを嘆き悲しむとは、信心が足りない。むしろ、見事に浄土に往生したことをこそ喜べ」と言って、嘆き悲しむ人たちをとがめたり叱ったりする、ばかな坊主がいる、と。

「それは間違っている」と、親鸞は『口伝鈔《くでんしょう》』という言行録の中で語っています。

では、どうすればよいのか。親鸞はこう言った。

「酒はこれ忘憂《ぼうゆう》の名あり」

酒には、忘憂という異名があるのだ。「これを勧めて、笑うほどになぐさめて去るべし」と言っている。亡き人を思って悲しんでいる人には、憂《うれ》いを忘れるお酒でも勧めて故人の思い出話をしながら、酔いが回って冗談のひとつでも出るようになったところで引きあげてこい、これが弔《とむら》いのあり方なのだ、と親鸞は言ったそうです。

これはじつに人間的な、秋霜烈日《しゅうそうれつじつ》を思わせる親鸞の論理の中からこぼれ出た人間味が感じられます。私が大好きなエピソードです。

しかし、飲めば飲むほど辛くなるという憂いもある。夏目漱石はこのことを、閑愁《かんしゅう》尽くる処《ところ》、暗愁《あんしゅう》生ず」と言った。〈閑愁〉、ちょっとした寂しさとか悲しみがスッと晴れて去っていった後に、重い愁《うれ》い、人生の絶望のようなものが生じてくる、というわけです。

〈暗愁〉は、忘憂では紛らわすことのできないものです。

人間というのは、〈生老病死《しょうろうびょうし》〉という四つの思うに任せぬことを背負って生きています。生きていくことは思うに任せぬことです。老も病もそうですし、ましてや死は、どんな人間でも、生まれたときからいずれ死ぬ運命にある。それを考えるとき、心臓とか胃とか肌などで、何ともいいようのない本質的な愁いを感ぜずにはいられない。これが〈暗愁〉です。

日本人はこの五十年間、この言葉を忘れてきた。しかし、阪神・淡路大震災によってその〈暗愁〉の感情に襲われた。これは自己省察の第一歩であって、決して悪いことではありません。これを通過しない限り、絶対に本当の希望は生まれてこないという考え方が、日本人の宗教観の中にあります。

76 欲望や煩悩から自力で解《げ》脱《だつ》することはできない

〈諦め〉という言葉には、非常にネガティブなイメージがあります。しかし、諦めるということは本当に悪いことなのだろうか。

諦めるということは、受け身で弱々しいことのように思われますが、〈諦める〉ということは、じつは「明らかに究める」ということです。物事を明らかにし、その本質を究めること。勇気を持って真実を見極め、それを認めることが、本当の〈諦める〉ということなのです。

たとえば、親鸞は中世で最も強く〈諦める〉ことに到達した人物なのです。

彼は何を諦めたのか。

それは、自分の欲望や煩悩から個人の自力ではとうてい解《げ》脱《だつ》することはできない、ということです。

親鸞は二十九歳まで厳しい修行を行いました。しかし、どんなに修行を積んでも、自分の中に邪心や欲望の火が燃え盛るのをどうしても抑えることができなかった。そして、彼は悟るのです。

「自力では悟れぬものと悟りたり」

つまり、親鸞は、自分の力で解脱することはできないと諦めたわけです。

親鸞が開いた浄土真宗は、煩悩を捨てよとは教えない〈他力〉の思想です。そこがほかの宗派とは大きく違うところです。いや、インドや中国の仏教ともはっきり違うのです。

それは本当の意味での諦めの宗教です。諦めきったところから、物事が明らかになり、それを究めきったところに真実がある。そこに本当の意味での静かな強さが生まれます。

人間は、自分が患《わずら》っている病気や困難に打ち勝つぞ、と思っただけでは、その状況を克服することはできません。むしろ、人間の命は有限であると、諦めることです。そして、いま、生きていることへの感謝の気持ちを持ち、生きているこの瞬間を十分に味わう。そういうしなやかな心を持つことが、人間が直面する危機に際して、人間をサバイバルさせる大きな力になると思うのです。

しなやかな心は、死と対決して、それを否定する中からは生まれません。死を見つめることを通して、生を見つめ、それを迎え入れる中から生まれてくるものです。

危機の中で人間を支えるのは、じつはこうしたしなやかな心ではないでしょうか。強くあるだけが生きていく術《すべ》ではありません。

⑺⑺ いまは応仁の乱の前夜と同じか

十年ほど前にある高名な実業家と対談したとき、「いま、宗教があまり関心を持たれていないと言うけれど、それはいいことなんじゃないかと思う」、とその人は言われました。なぜならば、宗教が本当に強い力を持ち、宗教者の言葉がキラキラ輝いて、人々がそれに帰依《きえ》した時代というのは、民衆が最も悲惨な生活をしている時期であったのだから、というわけです。

言われてみればそのとおりで、まさに親鸞《しんらん》の時代から蓮如《れんにょ》の時代がそうでした。蓮如が『御《ご》文章《ぶんしょう》』（お文《ふみ》）の第一部を書き始めたのは寛正《かんしょう》二年（一四六一）と言われます。当時、社会を襲った寛正の大飢饉は、京都だけで八万人以上の餓死者を出したと言われています。震災があり、台風もやってきて、伝染病や疫病《えきびょう》が大流行しました。土一揆《つちいっき》という内乱があちこちで起き始め、大名や戦国武士たちが絶えず内乱をくり返していた政情不安な時代でした。

京都の賀茂の河原や両岸の土手には死体がうずたかく積み上げられ、橋を渡る人たちは鼻を摘《つま》まなければ通れなかったといいます。大雨が降って増水すると、河原に積み上げられた死体が一気に下流に流れ去って、やっと京都の人々は安心したそうです。
その時代の絵巻物を見ると、後ろ手に縄を持ち、餌で犬をおびき寄せている人の姿が町の風景の中に描かれています。生きているものは皆、食らう、犬どころか人間を食べることさえしばしばあったといいます。

生きていることそのものが地獄であり、人の命が石ころのように軽んじられた時代でもあったのです。その時代に蓮如という人物が現れ、親鸞の信仰を背負って獅子《しし》奮迅《ふんじん》の大活躍をした。

先の実業家は、現代を宗教にあまり関心が払われない平和な時代だと肯定的に受け止めていたようです。しかし、それは形のうえでの平和であって、むしろいまの方がはるかに悲惨な、目に見えない内戦というのが激烈に展開されているとは言えないでしょうか。

現実の世界に目を移せば、政治も経済も大混乱の極みにあります。さらに全世界で内戦がくり返され、土一揆と同じように経済格差を元凶《げんきょう》とする宗教紛争、民族紛争の火種はなおも燻《くすぶ》り続けている。それにもまして、〝心の内戦〟はますます激化しようとしている。

平和だなどとうてい言えない。目には見えないものの、世紀末のいまはまさに蓮如が立ち上がった時代、応仁の乱の前夜と同じ状況ではないでしょうか。

78 無差別救済と無差別殺人の関係

親鸞の考えの根底には、人を百人殺せと言われてもひとりも殺せない場合もあれば、人を殺すなと言われても殺さざるを得ない状況もある。人間というものはなかなか邪悪と善良に分けられるものではない、という人間への認識があります。

私が『蓮如』を書きながら、あるいは『歎異抄《たんにしょう》』を読みながら、いつも考えていることはたったひとつ、「いまこの時代にこういう親鸞と蓮如が生きていたなら、どういう発言をするだろうか」ということでした。

たとえば、関東の門徒が聖人《しょうにん》を訪ねてきて、いろいろ質問したように、いま親鸞に訊ねる人がいるとします。「御聖人、麻原彰晃《あさはらしょうこう》という人物もまた救われるのでしょうか」とか、「酒鬼薔薇という少年の事件を、どう考えればいいでしょうか」と。そう問われた場合、どう答えられたであろうか。親鸞聖人は新聞社のコメントには答えなかったかもしれない。しかし、ＮＨＫ教育テレビか衛星放送なら出られただろう。しかし、蓮如さんならば昼のワイドショーにだって出られたかもしれない。

親鸞を考え、蓮如を考えるということは、おふたりがいまおられたならば、そこで何を言われたかということに帰一《きいつ》するのです。私も質問したいことは山ほどあります。

オウム真理教に対する世論の非難の最たるものは、サリンによる無差別大量殺人でした。アウシュヴィッツでナチスはユダヤ人を選別して殺しました。これは差別殺人です。もちろん、どちらも許されないことです。しかし、救済の論理には、差別的な救済と無差別救済があり、真宗の救済は悪人成仏ですから無差別救済なのです。この無差別救済と無差別殺人は、ひょっとするときわどいところで表裏一体なのではないか。

もし蓮如が生きていたなら、オウム真理教と命懸《いのちが》けで法論を挑みながら戦ったのではないかと思います。

蓮如は親鸞がのこした信仰を、子供だましのような方法で民衆をまどわす他の寺のお坊さんに対して、八つ裂きにしても飽き足りないというほどの激しい言葉で批判した人です。

親鸞の教えを歪《ゆが》めて人々を惑わせるものは断じて許せない、と。ましてや麻原は、となると蓮如は絶対に許さなかったのではないか。だが、〈悪人正機《あくにんしょうき》〉の立場からすると、そんな麻原もなお救われるか、という問題もあるわけです。

ともあれ、蓮如が蘇《よみがえ》っていまの世の中を見たとすれば、痛恨の思いをするのではないかと思います。

79 『かもめのジョナサン』をめざした男

オウム真理教はみずからを大乗仏教と言います。大乗仏教というのは、菩薩行《ぼさつぎょう》といって、自分が信心を得て救われたと思った人間は、他人にそのことを伝えて、他人を救わなければ自分も救われない、という考え方に立っています。

ですから、菩薩はこの世の中でもしひとりでも救い漏らされた人がいたら、自分は仏にならないという決意をします。これが阿弥陀如来《あみだにょらい》の本願です。

親鸞は、菩薩はついに阿弥陀如来という仏になったのだから、この世にひとりも救い漏らされている人はいないのだと言いました。だから、悪人も救われる、無信心者さえもやがては救われるのだと。早いか遅いかの違いで、念仏を知らない人間は長くかかるけれど、結局はすべてが救われると説いたわけです。

ところが、オウム真理教は、自分のところに帰依した人だけが助かって、帰依しない人はハルマゲドンで殺されるという。これはおかしいと思います。

私は、宗教者というのは、人を浄土へ渡す船頭のような者だと思うのです。

岸にまだひとりでも人間が残っているうちは、宗教者は浄土に上がってはいけない。救われない人は無限にいるわけだから、永遠に漕ぎ続けなければならないわけです。大乗仏教の宗教者には、いつまでも浄土には上がれないぞ、という自覚が求められるのです。

オウム真理教の考え方は、選ばれた人が救われるというエリート主義なのです。だからエリート集団が惹《ひ》かれるのは当然かもしれません。

科学技術省のトップと称していた村井秀夫が、「私は『かもめのジョナサン』の心境です」と語ったらしいですが、まさにその通りだったのでしょう。『かもめのジョナサン』とは、スーパーかもめをめざして高みへ高みへと飛んでいくかもめの話です。エリートとか、超人を求める姿がそこにダブります。

世紀末を迎え、いま、言い知れぬ恐怖を日本人は感じていると思います。阪神・淡路大震災の死者は五千五百人余に上りました。これは大変な数字だと思いますが、もっと大変なのは、日本の自殺者が年間二万数千人に及んでいることです。阪神・淡路大震災のじつに四倍の人々が、みずからの命を絶っています。

これは救いを求める現代日本人の魂の叫びです。その叫びに応えられるのは、エリート主義ではなく、無差別救済なのです。

80 正統は異端の艶《つや》やかな光に照らされる

数年前、多田富雄さんの『免疫の意味論』が大佛次郎《おさらぎじろう》賞を受賞しましたが、このことは、科学がストーリーの分野へ大胆に踏みこんできたことを示しています。異色の物語作家だった大佛次郎氏を記念する賞が、免疫論の新しい考え方を示した書物に与えられたことは極めて印象的なことです。

かつての免疫論は、自己と非自己を識別し、非自己を排除して自己を確立する働きとして、免疫現象をとらえていました。これに対して、新しい免疫論は、非自己の延長線上に自己があると考え、自己と非自己の共生の可能性を探ろうとするものなのです。

ですから、ナショナリズムやPKOといった、一見生物学とはまったく関係のない問題も、この考え方からアプローチが可能になるように思われます。

親鸞の『歎異抄《たんにしょう》』は、彼の思想の書として読まれることが多いのですが、この本は弟子の唯《ゆい》円《えん》が書いた親鸞の言行録なのです。唯円という個性を通しての一篇のストーリーと言ってよいでしょう。

歎は「嘆《たん》ずる」、異は〈異《い》安心《あんじん》〉、つまり正しい他力思想に対して異端の誤った理解が横行しているのを嘆《なげ》いて、それを正すために言ったことを集めた、というふうに普通は受け取られています。

しかし、新しい免疫論の光にすかしてみると、念仏の正統を確立するためには異端を排除するのではなく、異端が正統に対して光と闇のように存在し、正統は異端の艶《つや》やかな黒い光に照らされて立ち顕《あら》われてくる、というふうになるのです。

ですから、親鸞は「間違った、念仏の教えでない考えが横行しているけれども、あのものたちの存在によって自分たちの考えが正しいことが証明される。何という不思議な矛盾であろうか」と、溜息をついたのです。

親鸞が嘆いたのはそのことだと思います。

そういうふうに考えると、親鸞の物語も免疫論を含めた生命の大きな物語の中に組みこまれる、生命の流れの物語になるわけです。小説やドラマなど、いわゆる物語と言われるものは、その大きな物語の中に漂っているのではないでしょうか。

小説家も言いたいことがあるならちゃんと発言すべきです。混沌の世界に直面している事実をぼかして「ただおもしろいだけのものではありませんよ」などと奇妙なことを言っていずに、生と死の大きなストーリーを組み立てることをすべきだと思います。

(81) はたして麻原の魂も救われるのか

人間の一生とは、じつは苦しみの連続です。生きて在《あ》るということ自体が、悪をはらんでいる。私たちすべては、一生手を汚さずに生きていくことはできません。生きていることそのものが、すでに地球環境を汚しているし、あるいは自分よりも弱い生物を犠牲にして命を維持していることになります。人間とは、そもそもそういう存在なのです。

善か悪かという単純な二元論に立脚するのは間違いだと思います。善と悪は人間の中で、お互いに背中合わせで、いわばＤＮＡ二重螺旋構造のような形で一体として存在している。私たちは、その狭間で生きていかなければならないし、だからこそ人は悩むわけです。

悪に手を染めることに後ろめたさを感じる必要はない、という論理は受け入れられません。どんな植物でも光のある方向に伸びていく本能があります。それと同じで、すべての人間は、「善」の方向に自分を伸ばしていきたいという自然な欲求を具《そな》えている。どんな悪人でも、本能的にそうなっていくのだと思うのです。

たとえば、死刑囚だった永山則夫《ながやまのりお》に限らず、大きな犯罪を犯した人たちが獄中で書いた著作が多くの人の心を打つことがあります。人間の中には、本来、よりよく生きようとする志向が逆らいがたく内在しているのだ、命とはそういう方向に向いているのだと考えたほうがいい。そこに宗教家の存在理由があります。

ペルーの日本大使館がテロリストに占拠された際に、シプリアーニ大司教という宗教家が仲裁に立ちました。欧米でも、ラテンアメリカでも、世界のあらゆる国では聖職にある人、つまり宗教家は法に対しても神に対してもニュートラルであるはずだという信頼がある。

結果的にシプリアーニ氏は裏切られて涙するわけだけれども、彼は犠牲になった人質と兵士だけでなく、ゲリラに対しても悲しみを禁じ得ないと言っています。

そもそも宗教というのは、根源のところで現実の法と相反する思想だという部分がある。仏教では〈王法《おうぼう》〉と〈仏法《ぶっぽう》〉という言い方をします。王法は世間の常識、いわゆる法律であり、仏法は心の掟《おきて》です。蓮如が言う「額に王法、心に仏法」という考え方が必要なのです。

だから、宗教家としては、世間の法律では麻原は有罪だが、仏法の世界では麻原の魂も救われると言わなければいけない。酒鬼薔薇少年の罪は罪として裁かれるだろうが、仏は酒鬼薔薇少年を抱きたもう、と。

㉜ 危機の時代に噴火するエネルギー

蓮如が生きた十五世紀という時代は、戦乱、飢餓、暴動、疫病などが頻発し、底なし沼のような無常観が人々の心にうごめいている時代でした。現代とも相通じるところがあるとしばしば言われます。

その中で、蓮如はふたつの大きな敵と戦いをくりひろげました。ひとつは、眠れる既成教団です。公家や貴族、大名に取り入ることで荘園を手に入れて、安穏《あんのん》として生きていた大教団です。

もうひとつの敵は、新興のカルト教団です。このカルト教団にはいろいろなグループがありました。

たとえば、悪人こそ往生するのにふさわしいと説く親鸞の〈悪人正機《あくにんしょうき》〉の教えを、悪いことをすればするほど極楽に行けるのだと説く教団が現れたりする。悪人ほど如来は救ってくれるのだから、進んで悪いことをしようと、集まって悪行《あくぎょう》の限りを尽くすという悪の集団も発生しました。

さらに、オウム真理教の麻原彰晃のように個人を超越者とし崇拝《すうはい》する生き仏信仰。布施《ふせ》頼みといって、お金を多く出せば出すほど条件がよくなる免罪符的な絵図《えず》信仰《しんこう》。深夜に土蔵や山中で怪しげなイニシエーションを行う土蔵法門《どぞうぼうもん》。

こうした怪しげな宗教が伝染病のごとく、急速に無常観に満ちた当時の人々の心をとらえたのです。

まさに現代とぴったりと重なってくるではありませんか。

そこで蓮如は敢然《かんぜん》と、「親鸞聖人が悪人正機と言われているのは、そういうことではないのだ」と説くのです。蓮如は、惰眠《だみん》をむさぼっている既成の教団と戦い、一方で新しく起こっているカルト教団と正面から対決したわけですが、それは大変な戦いでした。

しかも、ひとたび蓮如が念仏の門徒集団を築き上げると、その勢力を無視できなくなった戦国大名たちが、弾圧を加えたり、逆に味方につけようと画策《かくさく》したりと、さまざまな形で干渉してきました。晩年には今度は政治との対決・妥協という難しい問題が出てきたわけです。蓮如が辿った八十五年の生涯ほどドラマティックなものはありません。

親鸞はいつの時代にあっても重い存在ですし、どの時代でも興味深い人物でしょう。ところが蓮如は、危機の時代にこそ噴火するエネルギーを感じさせる人なのです。

⑧③ 影を見ることで光を知る

法然、親鸞、蓮如という浄土宗、浄土真宗は、自ら背負っている業《ごう》の深さや己《おのれ》の愚かさという、自分の暗い部分をしっかりと見定めることによって、「このような人間が世の中に生きていき、そして浄土に救われていくためには、どうすればよいか」という問いを突き詰めて考えました。

彼らには、人間の暗い面をしっかり見定めることが、逆に自分を照らしている光を知ることだという考えがあります。

人間は、背後から大いなる光明に照らされているということを、空を見あげるだけではなかなか知ることができない。むしろ、顔を伏せて、胸を張らずに、足下《あしもと》をふっと見おろすとき、そこには長く濃く伸びている自分の影をはっきりと見ることができる。その影が濃ければ濃いほど、影が黒ければ黒いほど、自分を照らしている光の強さがわかるのです。

「己の黒き影を見よ」が、親鸞の思想であり、さらに蓮如の考えでした。

蓮如は普通の状況下では、いわば凡庸《ぼんよう》で通俗的な人のように見えます。しかし、ある危機的状況の下においたとき、蓮如はギラリと凄味《すごみ》を帯びた光を放つ人物なのです。

　蓮如は込み上げてくる熱い思いや悲しみ、人々の涙などを決して無視しない人でした。それがどれほど大きな力を持つかということも、よくわかっていた人でした。また蓮如自身が抱えていた悲しみの量というのも、桁外《けたはず》れのものだったろうと思います。

　そして、悲しんでいる人を見過ごすことができずに、その人のそばで思わず呻《うめ》き声を発し、念仏というかたちで感動を発散せずにはいられない人であったろうと思います。その思いから発せられた蓮如の肉声が有名な『白骨《はっこつ》の御文章《ごぶんしょう》』なのです。

　言葉には、人間の肉声から伝わる言葉と、文字を通じて伝わる言葉と、ふたつあると思います。深い思想とか内容をふくんだ言葉は文字を通じて伝わるものだというように思いがちですが、私は違った考えをもっています。内容も大事だろうけれども、肉声から伝わってくる感覚というものが、じつは人間の言葉の中の〈命〉のようなものではないか、と思うことがあります。

　古い表現で〈面授《めんじゅ》〉という言葉があります。人間と人間が向き合い、お互いに息づかいの聞こえるような距離でもって何かを学び、何かを伝え、そして何かが手渡される、それが面授です。『白骨の御文章』は、書き記《しる》された面授なのです。それを大声で肉声として発せられたとき、はじめて一語一語が立ち上がって人々の心を強く動かすのです。

84「しゃべれ、しゃべれ、ものを言え、言え」

蓮如の『白骨《はっこつ》の御文章《ごぶんしょう》』は、広く人々に親しまれてきた文章ですが、それを、くり返しが多く、常套的《じょうとうてき》な表現や手垢《てあか》のついたフレーズが多い文章である、と批判する人もまた少なくありません。その人たちはひょっとすると、彼の文章を机の上で読んでいるのではないかと思うことがあります。『白骨の御文章』は、ある状況のもとで、耳から聞かなければならない文章です。許されれば、たくさんの人々と一緒に心を合わせて斉唱《せいしょう》するものではないでしょうか。すると、蓮如の言葉の寝ていた活字が、いきなり立ち上がってくるような迫力をおびてくる。いわば蓮如の文章は状況の文章で、普段は寝ているという感じがあります。

私ごとですが、二十年来アシスタントをしてくれていた弟が急死したとき、呆然として三日くらい泣けなかったことがありました。しかし、たまたま数日後に、知人が訪ねてこられて『白骨の御文章』を読ませてくださいと言われて、遺影の前で読んでくれた。その文章を私は何百回となく読んでいたにもかかわらず、そのときはじめて聞いたような感動を覚えて号泣《ごうきゅう》したものでした。

「しゃべれ、しゃべれ、ものを言え、言え」
と蓮如はしばしば言っていますが、音声、しかも肉声で、ある状況のもとに、という三つの条件が揃うと、彼の言葉は異常なまでにすさまじい力で心にぐさっと突き刺さってくる。蓮如の文章は、そういうものなのです。

いつ読んでもおもしろい文章もあります。しかし、普段は寝ていて、いざというときに立ち上がってくる文章、これはじつに素晴らしい。それが蓮如の文章の個性であり特色です。

蓮如の文章はくり返しが多いのですが、これはロックの歌詞もおなじでしょう。ロックも、最終章のリフレインは、同じことを何十回もくり返すことが多い。単純な文句です。あれも耳から入ってくるもので、直接、情緒に訴えかけてくるリズムと音を持っている。

万葉集にしても同じことで、あれを文字で読んでも本当の感動は伝わってこない。防人《さきもり》の歌とか相聞歌《そうもんか》なんかも、九州では叫ぶことを「おらぶ」という方言がありますが、みんなでおらんで、語りかけるような歌として発声していたのですから。

言霊《ことだま》というのは、文字どおり、声です。蓮如という人は、その言霊を大事にした人でした。

⑧⑤ 蓮如の言葉は、自分が動くための依《よ》り代《しろ》

何度も言うようですが、蓮如の文体は実に平凡です。月並みであり、陳腐《ちんぷ》でもあります。しかし、目を閉じて耳から聞くとき、独特の音楽性さえ感じさせる不思議な力を持っています。たぶん、せっぱ詰まった状況下で聞けば、思いがけない大きな力でその人の心を揺さぶる文章ではないかと思います。

しかし、それだけでもない。『白骨の御文章』に、「朝《あした》の紅顔《こうがん》、夕《ゆうべ》の白骨」、という有名な一節があります。対句《ついく》でまことに月並みな文句です。

しかし、私たちはこうした月並みな文句によって動かされるのではなく、動くのは私たちの心です。

蓮如の言葉は自分が動くためのたんなる依《よ》り代《しろ》にすぎないのです。蓮如から差し出されたものに私たちが依り代として寄っかかるだけなのです。つまり、私たちが動こうとしているとき、たとえそれが月並みな文章でも、自然に突き動かされてしまうのです。

蓮如が行ったことは、必死で這《は》い上がろうとする人にそっと手を差し出しただけにすぎない

のかもしれません。蓮如が向かいあった底辺の人々は、それまでまるで救いのない世界で生きてきました。だからこそ、『白骨の御文章』が大きな力を持っていたのではないか。それはたんに手を差し出すという簡単なことではなかったと思われます。

しかし、這い上がろうという気のまったくない人たちに、「さあ上がってこい」と言って、行動を起こさせるには、それ相応の立派な言葉をかけなくてはなりません。そして這い上がろうという気持ちのない人こそが、蓮如が語ろうとする相手でした。

あえて単純化して言うと、親鸞はどちらかといえば、西欧的な知性の強靭《きょうじん》さを感じさせます。そして蓮如はアジア的な肉厚《にくあつ》な情熱を感じさせます。近づくと火傷《やけど》をしそうな危険性を持った人でもある。親鸞の一生は論理的に整合性があり、かなり一貫しています。しかし、蓮如の生涯は相当に矛盾しているところがありました。思索と実行、理論と実践の間に常に大きな矛盾が横たわっていました。しかし、私にはその矛盾こそが魅力的なのです。

現実とどのように妥協するか、妥協する人間には何が必要なのか。蓮如は親鸞の思想を忠実に生きようとするほど現実にぶつかり、そこで組織を生かしながら、自分も生かす道を必死で探した人間です。そうした矛盾の中を生きた人の言葉だからこそ、動こうとしない人々が動くための依り代になるのです。

⑧⑥ 変革の時代にこそ異彩を放つ人物

『白骨のお文』は、一種の美文で月並みな文章なのですけど、ある状況で聞いたとき、私は万《ばん》感《かん》胸に迫って、思わずとめどもない涙を、おさえることができませんでした。

泣けば泣くほど気持ちが澄んでくるというか、苦しみや悲しみのようなものが不意に安らぐのを感じたのです。そういうある特定の状況のもとで、その人間が危機的状況、限界的状況のもとにたちいたったときに、あの一見平凡と見える文章が、ギラッと鞘《さや》から刀を抜いたように光って、人の胸にグサリと突きたつ。行間から文字が立ち上がって、こっちの胸を揺さぶる。

何度も書きましたが、蓮如の『お文』は、そういう特異な文章なのです。

どの時代にも魅力的な人間というものがあるかもしれない。あるいは、どの時代においても古典的な名文と言われる文章もあるかもしれない。だけど、蓮如の『お文』は、危機的状況、焦土と化した大地の上で、何ともいえず人の心を強くつかむ文章なのです。

蓮如はたんなるアジテーターでも、オルガナイザーでもありません。

蓮如は蓮如なりに、「状況的詩人」です。親鸞は、普遍的な、時代を超えた詩人だった。蓮如は、普段は平凡な顔つきをしているけれども、ある場面ではそれが一変する人柄なのです。私は、そういう蓮如に思わず吸い寄せられていったのでした。

といっても、蓮如の足跡を学問的に辿り始めたのは、そう昔のことではありません。十七年前に私が休筆と称して仕事を休んでいた頃、龍谷《りゅうこく》大学の木造の校舎で蓮如の講義を聞いたことがきっかけです。もちろん金沢に住んでいましたから、蓮如さんというのは親しい存在だったことは事実でした。

ところが、ちょうどそのころ、ポーランドのワレサがカトリック教会と手を結んで民主革命を成功させた。これで私はあらためて蓮如に注目したのです。

蓮如は「講《こう》」という宗教共同体を作り上げ、寺内町《じないまち》という組織を創設し、魂の共同体の中で「念仏」という合い言葉のもとに、当時の戦国大名や守護大名と拮抗《きっこう》する勢力を作り上げました。このことがワレサの行動と重なるように思われたわけです。それで、一時期、「ワレサはポーランドの蓮如だ」と雑誌のインタビューで発言してずいぶん物議をかもしたものですが、そういう変革の時代にこそ蓮如は立ち上がって異彩を放つ人です。

⑧⑦ 終生、母への思慕《しぼ》の情につき動かされて

これまで知識人の間では、伝統的に蓮如は評判の悪い人でした。

近代主義の思想を学んだ人たちからみると、親鸞は疑似近代ではなくて、はっきりとたしかな近代です。彼は迷信を排し、個的信仰の深さを確立しました。ところが、蓮如はいわば前近代なのです。蓮如の中には、ドロドロした未分化の状態があり、アニミズムもあれば、母親や女性に対しての本能的な思慕《しぼ》の情もある。

父は親鸞の血を引く人でありながら、母親は名前も知られず、どこからやってきたともわからぬ賤《いや》しき女であったと言われています。ところが、六歳のときに、身分の高い家から正式に妻がやってくる。その結果起こるトラブルを予想して、母親は、「ここは自分が身を引いて去るのがいちばんだ」と判断し、万感の思いを胸に秘めながら六歳の蓮如を残して、ひとり、十二月の木枯らしの中を去っていったと物語られています。

「自分が不幸になればいいんだ」ということを決断して、蓮如と寺と人々のために、自分の立場で最善の処置をとったということでしょうか。蓮如の中には、終生その母に対する思慕の情

が渦巻き、かつ「われは賤しき女から生まれたる者なるぞ。そして尊き父親の血を引きたる者ぞ」という、貴種のプライドと賤しき立場の人々への共感との二重の構造がありました。

親鸞は、非常に強い誇りをもった人でした。いわゆる貴種流離譚《きしゅりゅうりたん》の人で、あの人は天皇さえも平気で批判できたのです。

しかし、蓮如にはもっと複雑なものがあって、そういう親鸞の血を引きつつかつ賤民《せんみん》大衆の中の母親から生まれてきたという前近代をひきずりながら、彼は乱世を生きていった。そのあたりが、私にはおもしろいのです。

私は、一貫して近代批判をしてきた人間ですから、花田《はなだ》清輝《きよてる》流にいえば、「前近代を梃子《てこ》にして近代を超える」ということに興味があります。けれども、やはりいまの近代は疑似近代だという思いが私には強い。

本当の近代ではない。まして、現代でもない。

だったら、この近代を超えて現代に飛躍するためには、前近代という橋を渡るしかないというのが私の考え方で、蓮如はまさにその前近代のひとつの橋なのです。

88 〈悲〉は前近代的な感情か

若いときに蓮如を慕《した》った人は、一生涯彼から離れませんでした。それだけ人間的な魅力が大きかったのだろうと思います。

私が好きなのは、蓮如の「人は軽きがよし」などというちょっとした言葉です。普通は「重きがよし」といいます。寡《か》黙《もく》で、どしっとしていなければいけない。しかし蓮如は、人は軽薄《けいはく》であっていいのだと言う。

「ものを言わぬ者はおそろしき」と言っているほどです。仏の前では皆平等なのだから、集まりのときには、相手が名主だろうが侍だろうが遠慮せずに論破して好きなことを言え、と。これは農民たちにとっては、とんでもない教えだったはずです。「もの言えば唇《くちびる》寒し」の時代に、大いにしゃべれというのは大変なことでした。

また、蓮如という人は、坊主は威張《いば》ってはいけない、と考えていました。寺は在家《ざいけ》の門徒によって支えられているのだから、門徒のために身を捨てるぞ、という覚悟を固めていた人でした。後年、教団にとって中興の祖であるために、どうしても祭り上げられて権威的な蓮如像が出来上がってしまいましたが、本来は、そういう人だったと思います。

蓮如は、室町から戦国時代に権勢をふるった日野富子につながる斜陽の貴族の末裔《まつえい》である親鸞の父性《ふせい》を引き継ぐ一方で、母親はどこの者とも知れぬ寺住みの女性だとされます。彼の心の中には、我は親鸞の末裔なるぞという誇りと、賤《いや》しき女の腹から生まれた子であるという自覚が同居していた。つまり、差別を受ける人たちに対するイデオロギー的ではない、肉体的な共生感覚があった。それが感じられるからこそ、たくさんの人の気持ちをつかんだのだろうと思います。

階級を超える何かを本能的に持っていた人物だったのです。

蓮如は明治以降、つい最近まで教団以外の世界から九九パーセントまでが非難と悪口の対象だった人です。それは、近代が拒否した人間の情に非常に強く訴えかける人だったからではないかと思います。感情とかルサンチマンを拒絶して理性的な合理主義的な社会をつくろうとしてきた知識人にとっては、蓮如は前近代的に映るのは当然です。しかし、そういう人物が、いま、見直されているのも、時代の流れなのかもしれません。

宗教というのは論理とか書物とかで伝わるものではない。やはり人間的な魅力があってはじめて伝わります。人から発して人に伝わるものです。そういう意味では、蓮如は、優れた伝道者だったと言えるでしょう。

⑧⑨ 間引きと移民の記憶

以前、北海道を旅したとき、意外に感じたのは、真宗の寺が非常に多かったことです。もちろん北海道には先住民族の長い文化や歴史が存在しますが、開拓地として発展していく新興地として見ますと、真宗の寺の多さには意外な感じがしました。

先ごろブラジルを訪れたときにも、真宗の熱心な信徒のかたがたに、たくさんお会いしました。驚いたのはブラジル人の僧侶のもとに、ブラジル人の寺があり、親鸞聖人や蓮如についての説話に多くの現地の人々が集まっていることでした。

開拓地に真宗門徒が多いのには、ある理由があります。真宗の門徒は、もともと非常に勤勉で、こつこつ努力するタイプの人たちが多いと言われます。ちょうどプロテスタントの勤勉さや、生活の倫理と、通じるものがあるように思われます。

そういう人たちは、受け入れる地元側にとって、まことに歓迎すべき人たちでした。よく働き、質素に暮らし、念仏を生活の中に生かして、つつましく信仰を守って生きる。そういう姿勢がブラジルでも高く評価されていたのです。

しかし、開拓者を多く出した北陸、中部、広島などの地域は、もともと真宗王国と謳われ、蓮如以来、念仏の深く根づいた土地です。それぞれの地方には、蓮如の教えとともに、物語、伝説化された蓮如の記憶が生活の中に深くしみこんで、伝承されてきました。

たとえば、蓮如が非常に家族を大切にし、子供たちを愛したエピソードがあります。あれほどいくどとなく愛する家族との不幸な別れを体験した人だけに、蓮如の家族、肉親に対する情愛の細やかさ、熱さは、並々ならぬものがありました。

子が生まれれば躍り上がって歓び、死に際しては号泣して悲しむ、そんな蓮如のイメージが五百年を経てもなお、深くそれらの地方の記憶には残っているのです。

「蓮如さんは、子の多きを歓ばれたお人じゃった」

と、語る古老の物語は、それらの地域に、いわゆる〈間引き〉を当たり前のこととしない気質を育ててきました。中世以降、明治、大正のときまで、貧しい日本の農村は〈間引き〉を日常的に行ってきました。しかし、蓮如を肉親のように慕う人々の土地では、〈間引き〉を極力避けてきたのです。それは蓮如の記憶がなせるわざと考えられます。そのために貧乏人の子沢山といわれる家庭が一般化し、家督を継げない三、四男たちは、おのずと新天地を求めて移民として旅立たざるをえません。現在、開拓民や移民が多い土地に真宗寺院が見られるのは、その辺を考えるべきではないかと思うのです。

⑨⓪ 一生離れられないような人間味

蓮如の周辺にいて、若いときから知り合い、仲間になって彼の教宣のサポーターを務めた人たちで、蓮如を裏切った人たちはほとんどいません。彼の死の最期のときまで、ずうっと兄弟家族のようにうまくいっている。これは、彼の人間性によるものだと言えます。

一見、巨大なカリスマ的な存在のように見えますが、いったん蓮如と付き合ってみると、彼を好きになってしまって一生離れられないような、そんな人間味あふれるものを持っていた人物だったのではないかと思います。

ですから、蓮如について語られることはすべて、好意的に受け取るときはプラスであり、批判的に受け取ると、みんなマイナスに見えるといった具合です。蓮如の病気が重くなって亡くなるすこし前に、何千何万という人が集まってくる。そのみんなと別れが惜《お》しめるように、群衆のなかへ輿《こし》に担《かつ》がれて入っていく。

そのとき蓮如は、お互いに顔が見られるようにと、輿に後ろ向きに座ったという有名なエピソードがあります。これは一種の演出かもしれない。しかし、ここに集まってきたお年寄りたち、一緒に念仏を唱えて苦労を共にしてきた仲間、ひとりひとりの顔を見ておきたい。みんなも自分の最期の顔を見たいだろう。だったら、たとえ気恥ずかしくても、それに応えるのが自分の責任だと、そういうふうに思う蓮如が、私は好きです。

私は、一方的に悲しみとか情緒を肯定しているのではなく、感情の吐露《とろ》の自由な時代の到来を願っているのです。公私ともに成功者として君臨した、森鷗外《もりおうがい》のような人物でも、大正六年、晩年ですが、彼の残した言葉のなかに「夜中、忽然《こつぜん》として座す。無言にして空しく涕滞《ていい》す」という一節があります。あの鷗外先生でも、手で顔を覆い、ぐしゃぐしゃに涙と鼻水を垂らして泣きじゃくっているのか。そういう鷗外に当時の人々は深い親しみと共感を覚えたのでしょう。あの先生にしてそうなのかと思い、鷗外を尊敬したのでしょう。

現代人には妙な思い込みがあります。人を泣かせることは簡単だけれど、笑わせることは難しいなどと言う俳優もいますが、そんなことはない。本当に人の心を浄化することのできる演技者、人間的な深い涙を誘う原作や俳優がどれだけいるでしょうか。大地に身を投げだし、見る者に地面をたたいて慟哭《どうこく》させる芝居というものに、私は絶えて久しくお目にかかったことがありません。

現代人は、『一杯のかけそば』のような安易な人情話を警戒するあまり、本当の意味で慟哭する心というものを捨て去ってしまったのではないでしょうか。

⑼1 いま大切なのは〈励まし〉ではなく〈慰め〉

蓮如は、惰眠《だみん》をむさぼる既成教団や新興カルト教団に真正面から対峙《たいじ》しながら、親鸞の思想の正しい伝道者として、無常観の中を彷徨《さまよ》い、打ちひしがれている民衆に向かって積極的に語りかけました。そして、悲しみに抉《えぐ》られた傷口を癒すために、人々の中へ入ってゆき、直接その手を差しのべました。

人間の心の傷を癒す言葉にはふたつあります。ひとつは〈励まし〉であり、ひとつは〈慰め〉です。人間はまだ立ち上がれる余力と気力があるときに励まされると、再び強く立ち上がることができます。ところが、もう立ち上がれない、自分はもうだめだと覚悟してしまった人間には、励ましの言葉など上滑りしてゆくだけです。「がんばれ」という言葉は戦中・戦後の言葉です。私たちはこの五十年間、ずっと「がんばれ、がんばれ」と言われ続けてきた。しかし、がんばれと言われれば言われるほど辛くなる状況もないわけではありません。

そういった場面で大事なことは何か。それは〈励まし〉ではなく〈慰め〉であり、もっと言えば慈悲の〈悲〉という言葉です。蓮如は〈悲〉をもって人々を癒しました。〈同治《どうじ》〉と〈対《たい》治《じ》〉という言葉があります。もともと仏教の言葉です。

たとえば、高熱を発したときに氷で冷やして熱を下げるようなやり方を対治といいます。これに対して、十分に温かくしてあげて、汗をたっぷりかかせ、そのことで熱を下げるようなやり方を同治というのだそうです。

また、悲しんでいる人に、「いつまでもくよくよしててもだめだよ。気持ちを立て直してがんばりなさい。さあ、元気を出そう」というふうに励まして、それで悲しみから立ち直らせるのが対治的なやり方です。これに対して、黙って一緒に涙を流すことによって、その人の心の重荷を少しでも自分のほうに引き受けようとする、そういう態度が同治なのだそうです。

対治は否定から出発しています。悪を否定する、病気を否定する。不自由を悪と考え、それを叩きつぶし、切除することで善を回復しようとする。そういう対立と攻撃の思想がヨーロッパ近代文明の一面です。しかし、老いを否定できるでしょうか。死を否定できるでしょうか。それはできません。とことん打ちひしがれた人々を救うのは肯定の思想、同治の思想なのではないか。

いま大切なのは〈励まし〉ではなく〈慰め〉であり〈悲〉なのだと強く感じるのです。

⑼② 民衆が新しい時代の担い手に

蓮如は、「矛盾の人」とも言われますが、器《うつわ》の大きな人でした。寺内町《じないまち》で大イベントを興行したのは、蓮如自身も人々との陽気な交わりが好きだったからだと思います。好きだからこそ、遊芸人と呼ばれた人たちと一緒に楽しんだのでしょう。

お茶も本願寺の中で大事にされ、地方の「講《こう》」では、たとえば福井県ではいまでも「ぼうぼう茶」といって、集まって法話をし、お茶を、漬物をつまんで楽しんでいるそうです。浄土真宗には禁欲的なところがあって、たとえば「木像より絵像、絵像より名号《みょうごう》」といわれるように、形象的なもの、官能的な歓びをややもすれば遠ざける傾向がある。

しかし、蓮如は、むしろそういう面も決してないがしろにしなかった人でした。

中世の農民は、食うのに精いっぱいで、芸能など楽しむ余裕は少なかったと思われます。戦乱と追いつめられた農民の一揆、飢饉《ききん》と疫病《えきびょう》の大流行の時代だったのですから。生きて地獄、死んで地獄。しかし、どんな地獄にも人間は楽しみや遊びを忘れて生きるわけにはいきません。そういう人々に、生きていくことの歓び、耐えていくことの希望と工夫を教えたのが蓮如ではないでしょうか。

人間は虫けらではないのだと、底辺の民衆にも生きていくことの歓び、人としてのプライドを目覚めさせた。それがまた、人間としてのつながり、連帯感を作り出すのです。

たとえば、地方からはるばるやってきた農民が、山科《やましな》本願寺にきて巨大な屋根を見たとします。あの瓦《かわら》の一枚一枚が各地の門徒たちの小さな志《こころざし》で出来たのだと思うとき、自分もあの瓦の一枚なのだと感じたときに、砂のごとく孤立した自分が人間としてつながりを感じ、不思議な一体感に体が熱くなったに違いありません。

寺内町の跡地からは皿とか焼き物が出てきます。寺内町には焼き物を焼く工人がいたし、炭焼きもいた。寸志《すんし》の代わりに土地の名物である昆布や米や織物を持ってくる人もいた。ものとものとの交換が行われ、そこに市が成立する。

そう考えると、そこに集まってきた人々の職種や業種の多さが想像されます。ひょっとしたら飲み屋もあり、ヤクザもいたかもしれない。

当時は、賤しいとされた民衆が応仁の乱を隔て、下剋上《げこくじょう》というルネサンスのような新しい時代の担い手になっていきます。このような人々が、時代を担っていく気概を持つことができた背後に、蓮如の人間観が大きく働いていたような気がします。

㊈③ 大イベントが好きだった蓮如の好奇心

本願寺はサンガ（信仰共同体）であると同時に、文化の共和国でもあります。ヨーロッパの音楽における教会、ルネサンス芸術とヴァチカン、音楽とギリシャ正教というふうに、宗教の本山は民衆の文化的な本山でもあるのが普通です。

そういう意味で、本願寺は、親鸞聖人以来の信仰の城であると同時に、階級を超え、学問的、史料的、美術的な「根の国」と言っていいでしょう。

蓮如が北陸布教の根拠地とした、現在の福井県にある吉崎御坊《よしざきごぼう》の絵図を見ますと、言われているほど豪壮な風景ではありません。「多屋敷百軒」など記録として書かれていますが、絵図にはそれほど華麗な感じがない。山科本願寺も、現代から見ればもっと簡素だったかもしれない。しかし全体の規模は、地図で見ると非常に大きいのです。寺内町《じないまち》と言うほどですから、当然かもしれません。そこでは、すれ違う人が強盗ではなかろうかとおそれるような不安はなく、ひとつの信仰というへその緒でつながった人々がひとつの町の中に、寺を中心に運命共同体として自治的な町をつくっていた。

そこで暮らす人々の、歓びに満ちた立ち居ふるまいが、当時の、荒れすさみ人間がお互いにオオカミ同士だったようなほかの土地に比べて、訪れる人々にはあたかも極楽浄土のように思われたのではないかと思うのです。

当時は、土一揆が近畿でもあちこちに起こり、山科から山ひとつ越えた京の町は応仁の乱で荒れ果て、死体が打ち捨てられていたのですから、そういう荒廃したほかの地域と対比させて想像すると、寺内町はやはりこの世の浄土でした。

私の経験でも、戦後の焼け跡で見た闇市のにぎわいは極楽浄土のように思われました。

山科本願寺も、その当時としてはぜいたくな建物だったのでしょう。寺内町のスケールは驚くほど大きかったし、活気があったに違いない。

もともと本願寺は、特に、蓮如はそうですが、芸能や美術、工芸、建築、造園といった仕事に携《たずさ》わる人たちを積極的に迎え入れたのです。こういう人たちは、田んぼや畑を耕す、いわゆる良民とは違い、当時は不当に蔑視《べつし》されていたようです。

そういう人々を寺内町は大勢抱えこんで成立します。蓮如は、そこで茶の湯を興行し、能の舞台も開催しました。

大イベント、大パフォーマンスを寺内町の人々と共に楽しみ、みんなが一斉に歓び明日への活力を養う、そういうことを大事にした人だったと考えられます。

94 「宗教と人間」という問い

これまで私は、一九七〇年代を〈スポーツと芸能の時代〉、八〇年代を〈政治とニュースの時代〉、九〇年代を〈カルチャーとアートの時代〉と大まかに考えてきました。まだ、「カルチャーステーション」というテレビ番組こそ出現していませんが、時代はまさしくカルチャーの時代に入っているようです。

さらに、〈カルチャー〉の先にほの見える世界は、〈宗教〉ではないでしょうか。

オウム真理教問題に限らず、いま、時代は宗教と人間という根源的な問いを私たちに突きつけています。もちろん、これまでも〝心の時代の到来〟などというかけ声はありました。しかし、私たちが直面しているのは、そうした趣味的な人生論議ではなく、現代に生きる者として、目をそらすことのできないリアルな問題としての「宗教と人間」なのです。

たとえば、一九九一年のソ連の崩壊を、社会主義の矛盾・崩壊ととらえては、本質を見失います。意外に思われるかもしれませんが、かつてのソ連邦は世界一イスラム教徒が多い国でした。さすがのスターリンでさえ宗教を弾圧すると反乱が起きるおそれがあるため、イスラム教を捨て去ることを強制できませんでした。ソ連の崩壊は、連邦内のイスラム思想圏と神なき社会主義の対決がひとつの原因だったと私は考えます。

日本でもオウム真理教というカルト教団の暴走が起こりました。それは近代国家と新興宗教の対決という構図です。

蓮如が生きていた十五世紀の中世も、似たような時代でした。多くの既成教団に代わって、さまざまなカルト教団が出現していました。それらと戦うために、蓮如はいわゆる賤民や貧しい大衆に働きかけて念仏の門徒集団をつくったのです。ひとたび蓮如が門徒集団を築き上げると、その勢力を無視できなくなった戦国大名たちは、弾圧を加えたり、逆に味方につけようと画策したりと、さまざまな形で干渉してきました。しかし、それらの干渉をはねのけて育ったのが寺内町です。

蓮如は「惣《そう》」という農村の自治体を「講《こう》」という信仰体へ大きく膨らませていったと言われますが、さまざまな意味で、蓮如は天性の思想家だったと言えるでしょう。

95 一見無用なものが大きな意味を持つ

蓮如の書簡体のメッセージである『御文章』の中には、矛盾したことが書かれていると批判されることがあります。しかし、人間の人生とはもともと常に矛盾するものではないでしょうか。ひとりの人間の一生に完璧な整合性を求めようとするのは、非人間的なことです。そうした矛盾をそのまま受け入れていくという考え方でなければ、生きた人間は絶対にとらえられません。

一九八七年にノーベル生理学・医学賞を受賞した利《と》根川進《ねがわすすむ》教授が、立花隆《たちばなたかし》さんとの対話のなかで、遺伝子について非常におもしろいことを指摘されています。

遺伝子というのは、四つの要素が個体それぞれの順列組み合わせで並んだ長い二重螺旋構造になっている。その中に、絶対必要であると思われる遺伝子とともに、こんなものがなぜ存在しているのかもよくわからない、雑然として不規則な遺伝子や重複した内容の遺伝子もたくさん見られるという。

遺伝子の構造が解明された初期のころは、そういう意味不明瞭な遺伝子のことを「ジャンク」と呼んでいたそうです。ジャンクとは「くず」という意味です。

しかし、よく調べてみると、そういうジャンクが数多くあることにより、遺伝子のコピーのミスが生じるわけです。コピーミスが生じた結果、突然変異が起こったりする。突然変異によって変わった種が誕生し、その種が従来の種より適応性が高い場合には、適者生存で生き延びていくわけです。

じつは、この突然変異の積み重ねが進化ということらしい。進化の歴史は突然変異の歴史なのです。ということは、乱雑で不規則な遺伝子の思いがけないミスから生じた結果が、人間の進化を生んでいると言っていい。

逆に考えると、もしも、整然として必要以上のものが何もない組み合わせの遺伝子だけだったら、人間は進化しなかったということです。

ジャンクにはそうした存在の意味があるのです。昔から〈無用の用〉と言いますが、一見無用に見えるもの、必要でないように見えるものが、じつはものすごく大きな意味を持ち、宇宙の意志とも言えるような意味をはらんでいるのです。最近の合理化には、そこに対する視点がありません。

矛盾は弁証法の母であると言いますが、矛盾とか無駄とか不必要とか、その種のものは人生において絶対に必要な要件であるということをぜひ考えてもらいたいのです。

96〈魂の焦土〉が現れている

　蓮如が生きていた十五世紀の中世には、次のような内容の小唄が歌われていたそうです。

「どうしてそんなに浮かぬ顔をしているのか、この世は夢ぞ、ただ狂え」「十二、三は花で、十六、七はもう年寄り。十九、二十はもうおしまいだ」

　いまこの瞬間を精一杯エンジョイしようではないか、という意味でしょう。そこに現れてくるものは、強烈な無常観と強烈な刹那《せつな》主義、それに怪しげな宗教の流行です。

　じつは、いまの時代もまったく同じような状況ではないでしょうか。世紀末ウィーンでも、一種カルト的なものが大流行したのですが、日本でも同じような傾向が宗教の中に入りこんできて、新しいカルト的な宗教へ人々が惹《ひ》かれていく素地ができてきました。もうひとつは、異常な犯罪の続発です。グロテスクで、救いのない犯罪が続発してくる。こういう状況が目に見えているにもかかわらず、どうしてもそれを実感として納得できないのが、この島国で育った日本人の特性かもしれません。

　第二次世界大戦のときも、一部のごく理性的な情報通を除いて、日本国民の大部分は、日本が敗けるとは絶対に考えていなかった。一九四五年八月十五日、天皇が大事な発表をするという知らせがあった時、私の父親は師範学校の教師でしたから一応のインテリですけれども、「これは、すごいニュースだ。ソ連が日本と結んでアメリカと戦うという放送が今日あるんだよ。もう大丈夫だ」と、私たちに言ったことをよく覚えています。

客観情勢が目の前にはっきり見えているにもかかわらず、「見えない」という不思議な感受性が日本人にはあって、いま、日本は完全な世紀末、しかも断末魔の状況に達していると思っているにもかかわらず、なぜか実感として見えていません。

それが露呈したのが、阪神・淡路大震災と、それに続くサリン事件と、警察庁長官へのテロだと思います。

こういう危機的な状況を前にして、かつて蓮如は何を考えたかといいますと、「この時代の魂を救うにはどうすればよいか」を必死で考え続け、それを文章にして人々に伝える『文《ふみ》』の完成に心血を注ぎました。彼の身近にいる人たちは、こうした蓮如の行動に首をかしげましたが、蓮如は寺を動かずひたすら『文』を書こうとする。

彼の考え方では、ものの復興はなんとかできても、魂の復興はたやすくはできない。いまここに現れている焦土は、ものの焦土、人の命の焦土であると同時に、〈魂の焦土〉なのだ、と考えたのではないでしょうか。

97 人間の復興と魂の再生

戯曲『蓮如』を連載している最中に、読者のかたがたからたくさんの葉書や手紙をいただきました。そうした中では、「死体の転がっている鴨川で死者を埋葬・供養する人々の前で『御文章』を朗読する蓮如の姿に、神戸の焼け跡を重ね合わせて読みました」という内容が、圧倒的に多かったのが印象的でした。そこまでの読みこみを期待して書いたつもりではなかったのに、読者がそんなふうに読んでいたことに私は驚いたものです。そして私は完成に向けて自分が描いていた構想が、大きく変わってしまったのです。

「これは十五世紀の中世の話を書いているのではなく、いま、まさに阪神・淡路大震災以後の焦土に立っている、現代の蓮如を書いているのだ。それなら、こういうふうにならなければおかしい」と感じて、後は、ものに憑《つ》かれたように一気に書き上げてしまいました。もっと暗く、もっと絶望的な終わり方をしようと思っていたのですが、そうならなかったのです。

いま大事なのは、人間の復興だ、魂の再生だ、そのための希望だ、とはよく言われることです。

しかし、それは言葉だけでは難しい。それを語りかける人の熱と感情が必要なのだという切迫感が、書いている間に、心の中に湧き上がってきて、二十何年ぶりに、書きながら読者と媒体と自分との一体感をびしびし感じたのです。

蓮如が生きていた時代、十五世紀の日本社会は荘園制度が大きく揺らいで、下剋上という下層民たちの反乱があり、全国津々浦々で、それまで賤民として蔑視《べっし》されていた商人や職人、馬借《ばしゃく》・車借《しゃしゃく》などの交易に従事する者、つまり農民でない非定住民たちが大きな経済力と武力と実力とを具え、守護大名に仕えている武士ではない、地侍《じざむらい》というゲリラ的な武力と結びついて、新しいエネルギーで時代をひっくり返していこうとした時代なのです。

その当時の京都は犯罪都市で、テロが横行する都で、魂の荒廃が一般に広がり、人々は絶望の中で何かを求めて迷信的な方向へ雪崩《なだれ》をうって進みつつあった。

当時の本願寺は、困窮《こんきゅう》のどん底にありました。それに反して、ありとあらゆるカルト的宗教が澎湃《ほうはい》として起き、そこに人々が吸い寄せられていた時期だったのです。

いまの状況と中世とが、奇妙なくらいにぴったり重なり合う。こういうときにこそ、人間の復興、魂の再生、そのための希望が必要なのだと、もし蓮如が生きていたら叫んだにちがいありません。

(98) ふたりで歓べば歓びが二倍になる

蓮如という人に対する評価はさまざまです。実業家として評価する人もいるし、政治家として評価する人もいる。しかし、その中でも宗教人として、それも大衆とともに苦しみ、大衆とともに歓んだ宗教人として評価したい、というのが私の立場です。

親鸞は真剣に念仏とは何か、信心とは何かということに取り組み、それを獲得した。しかし、蓮如にはそのような内面の求道《ぐどう》性がないと言う人もいます。それでも私はそうは思わないのです。伝道家に信仰が必要ないとは考えられません。そうではなくて、ふたつの谷間、深い信仰と伝道という活動の間の大きな亀裂を超えていかねばならないのです。

そういう難しさは、書斎の思想家より現場の活動家の肩に重くのしかかってくるものなのです。親鸞と蓮如の間には二百数十年という時間があり、その時間を超えて、どのように親鸞の思想を手渡すかという苦渋《くじゅう》は、並々ならぬものがあったと思います。

蓮如の前半生の雌伏《しふく》の時代というのは内的生活のドラマです。そこで培《つちか》ってきた信仰を携えて、具体的に活動を始めるのが後半生です。ところが、その後半生だけが蓮如に対する関心の的になっているのですが、私はそれに疑問を持っています。前半生の内面的な葛藤や遍歴をきちんと把握しておかないと、世俗的な成功者というとらえ方をしてしまいがちだからです。

大衆に対してその時代の世相に敏感に対応していくということ、それは素晴らしいことであると同時に、困難な道だし、低きに身を沈める覚悟も必要です。だから蓮如さんは通俗的で嫌いだと言う人もいます。一般に浄土真宗は「木像より絵像、絵像より名号《みようごう》」というように、外見を装飾しません。しかし、それをあまり進めると、民衆も離れていきます。ですから蓮如は絵像をも必ずしも全面的に拒絶はしません。

苦しんで懺悔《ざんげ》し、罪を意識して悩むだけではなく、人々には共に歓んで陶酔して、一緒にフェスティバルのように生きたいという気持ちがあるのです。蓮如という人には、そういうフェスティバルの司祭という面がありました。私はそういう面もまた評価したいのです。

ふたりで歓べば歓びが二倍になると言います。ふたりで苦しめば苦しみが半分になるかもしれない。多数の人々と共に歓び、その歓びを二倍にも四倍にもすることを蓮如は願ったのです。そしてたくさんの人と苦しんで、苦しみを分かち合っていく。その根底の感覚が終生消えずにあった方なんだな、とつくづく思います。

⑲ 先見性のある宗教家

蓮如は既成宗教の批判者として、また親鸞の思想の正しい伝達者として、焦土と化した中世を疾駆《しっく》しました。彼がはたそうとしたことは、多くの人々の飢えた魂の再生であり、民衆ひとりひとりのアイデンティティの確立、人間の復興でした。

いまの日本の宗教界に蓮如のような人物がいないことがさびしく思えるのは、私だけでしょうか。いま、ひとりの蓮如がいれば、「既成教団はいったい何をやっているのだ」と批判するだろうし、また、上九一色《かみくいしき》村に行って、先頭に立ち、全勢力を挙げてオウム真理教と戦ったはずです。

当時の蓮如にそれが可能だったのは、優れた先見性を持っていたからでしょう。

彼が門徒と膝を交えて平座《ひらざ》で対話をした話は有名です。それまで本願寺の法主《ほうしゅ》は上段の間《ま》に座り、門徒と接見していました。蓮如はそんな上段の間を全廃し、すべての門徒と膝を交えて話すことを宣言した最初の人でした。この世にあって、阿弥陀の光の前にはみな平等であると、四民平等主義を説き、それも実行していたのです。

旧来の仏教思想では、根本的に女性は救われないことになっていました。親鸞は、苦心の末に、女性はいったん男性に変身した上で救済されるという、〈変成男子《へんじょうなんし》〉という思想を採用しました。ところが、蓮如は大胆不敵にも、罪が大きく差し障りの多い人間から救われるのだから、女性こそがいちばん最初に救われるのだと説きました。

また、蓮如は、吉崎、山科、大阪などに寺内町を築き上げた。寺内町は、城下町とは反対に寺を中心に商家、民家、宿屋、鍛冶屋などあらゆる建物がそれを取り囲み、その外側に堀や塀や土塁を築いて、ひとつの都市を作り上げています。

この町の特徴は、寺と他の家屋が運命共同体になっていることです。町が焼けたときには寺も焼ける。寺が滅びると、町も滅びる。城下町のように、城を守る都市とはまったく違います。

こう考えてきますと、蓮如という人物は、きわめてルネサンス的な人物だったと思われてなりません。蓮如没後五百年のイベントも終わり、いわゆる蓮如ブームは一段落ついたかのようです。しかし、本当の蓮如の出番はこれからでしょう。いままさに、真の蓮如の力が試される時代だと私は思うのです。

⑩⓪ 人の悲しみを大事にすること

人々の魂の救済という意味で、いまこそ蓮如のような〈悲〉の思想が必要とされる時代なのかもしれません。

それは、「どうして自分はこの人のために何もしてあげられないのか。みすみすこの人が倒れていくのを見殺しにしてしまうのか。この内戦の最中にどうしてその惨禍を止めることができないのか」と、己の無力さに涙し、声を上げて呻くような悲しみです。

人は、そういう悲しみを大事にしなければならない、と蓮如は考えました。

戦後、私たちはこの湿潤な風土の中に合理的で乾いた文化を作り上げようと努力してきました。そして、実際に合理的で効率的な社会を作り上げ、そのために人間の心もカラカラに乾いてひび割れかかったような時代になってしまったようです。

本来、日本人の根っこには人情や日本的情緒といった湿ったエモーションがあります。近代の知性は、そうした情やルサンチマンを徹底的に毛嫌いしてきましたが、根っこにあるものは決して否定し去ることはできませんでした。

しかし、それがいまや完全に枯渇《こかつ》してしまいつつあると見えます。

ダムは満々と水を湛《たた》えてこそダムです。水が干からびて、ダムの底がひび割れ、魚まで死んでしまったような状態で、科学的かつ合理的なアプローチで人間の心をどうこうしようというのは、言うだけ無駄な話ではないでしょうか。

やれ、心の教育だ、新しい道徳だと識者は苦労されているようですが、ほとんど効果がないのは当然かもしれません。

人間の情やルサンチマンを軽蔑するのではなく、あるいは恐れるのではなく、人間の真の知性を育てる土壌としての〈悲〉の心、情念というものを豊かに持つことが、いまの私たちにとっての大きな課題なのではないでしょうか。

蓮如という〈悲〉の情感に溢れた宗教家が五百年後の今日に投げかける光は、私たちにそう語りかけているように感じるのです。

女性教師をバタフライナイフで刺殺した中学生は、そのあと泣き続け、トイレで激しく吐いたといいます。少年の心の中に、人を殺すことに対する何らかの感覚が残っていたからでしょう。

これはひとつのかすかな希望です。いまこそ私たちは蓮如の〈悲〉の大きな力に気づく必要があるのではないか、そのときこそ、私たちの干上がった心に再び潤いが戻ってくるのではないかと思うのです。

あとがきにかえて

いまの私には、正直なところ、国を憂《うれ》えるという気持ちも、時代を憂えるという感覚も、ほとんどありません。もしも本気で憂えるとすれば、それは自分自身のことだけです。自分の心のありかた、体調のこと。そして間近に迎えねばならない老いや死。

無責任といえば、まさにその通りです。自分でも、なんと勝手でわがままな生きかただろうと思うときがあります。

しかし、国も、時代も、この一個の自分自身の中にある、という気がしてならないのです。仏の光がさすのも自分ただひとりのため、と、かつて親鸞は言いました。それを親鸞独特の逆説的な表現だとは、必ずしも言えないと思います。

人は宗教的なものに目覚めることによって安心立命できることは決してありません。どれほど深い信仰を獲得したとしても、人間としての悩みや恐れは消えないでしょう。むしろ大きな悲しみや、生きる痛みは、信仰に目覚めたことで、いや増すことのほうが多いと思います。

〈他力〉という考えかたもそうです。完全に〈自力〉を捨てることなど、不可能です。しかし、

〈他力〉こそ〈自力〉の母であると感ずるとき、生きる不安や、悩みや、恐怖に最後のところでなんとか耐えて踏みとどまることができそうな気がするのです。

この本におさめた一〇〇章は、この本のためにあらたに書きおろした文章に、これまでの私の雑多な発言を拾いあつめて収録したものです。雑然たる構成や、舌たらずの文章が目立ちますが、ライブ感覚を生かしたい気持ちもあって、あえてこまかく手を入れることをしませんでした。しかし、読み返してみて、ああ、そうか、自分はこういうふうに無意識に感じながら生きてきたのだな、と納得するところも、少なくありません。

この本が講談社から刊行される運びとなったのは、学芸局の豊田利男氏、田中浩史氏、両編集者の献身的な努力と、驚異的な粘りによるものであり、これも〈他力〉のはたらきだと感謝せざるをえません。また、企画の最初の段階から進行中、終始熱心に励ましてくださった野間佐和子氏、ＡＤの三村淳氏、その他講談社の各部門のスタッフの皆さんにも、心からお礼を申し上げたいと思います。

著　者

（一九九八年十一月）

解説　松永伍一

　私たちは、意識するとしないとにかかわらず、見えない塀に囲まれていて、そこから脱け出そうにも出口がどこにあるか探し出せない状況に、いま置かれている。その閉塞感に苛立ち、「出口はどこだ」「鍵はだれが持っているんだ」と、心の奥でわめいているように感じられる。

　世紀が変わろうとする節目に起きる現象なのかも知れないが、その当否はともかくとして、息苦しいし、明日の希望が見出せない「この現状」をよろこんで受け容れているマゾヒスティックな人はごく少数であろう。「このままでは人間として生きている甲斐がない」「だれか、ここから脱け出す出口を教えて！」と、自分の進路探しを始めている大多数の日本人は、藁《わら》をも摑む思いで、出口の扉の鍵を求めている。

　古今東西に目をやれば、「人生の書」つまりバイブルがあって、鍵の役目を果たしていたのに、いまはそれが錆《さ》びついて機能しなくなった。人類が進歩という美名のもとにつくりあげてきた文明とその派生物が、複雑多岐にわたりすぎて、万能薬と思われてきた既存のバイブルが神通力を失なってしまった。

危機をはらむ「この現状」にふさわしいバイブルの出現を、迷える羊たちは切烈に求めていて、掌に熱く受けとめたのが五木寛之さんの、ここ数年来の人生論の数々であった。ベストセラーとなるということは、待ち望んでいた人たちがいかに多いかを示している。が、五木さんはバイブルを意図的にこしらえようと策したのではないし、またベストセラーを狙って書いたものでもない、ということを私たちは見落さないようにしたい。「この現状」のなかに五木さんも一人の日本人として立っていて、悩み、歎《なげ》き、怒り、笑い、躓《つまず》き、泣いてきた「煩悩の人」だからこそ、おのれを告白する必要に迫られたのである。人間であるがゆえに、作家であるがゆえに。

たとえば『生きるヒント』『大河の一滴』『人生の目的』とつづく一連の人生論の流れを、読者として謙虚にたどっていくと、五木さんの人間洞察の力を感じるのは当然として、予見性の鋭さに気づかされる。科学的分析から導き出される予見性ではなく、もっとおおらかな宗教的ニュアンスを含んでいるのだ。とは言え、宗教家の物差とは断じてちがうもの。その柔和さは、風に溶けやすい詩語のニュアンスに近い。

そんな外を見る眼と内を見る眼のやさしさが、やさしさを保ちつづけるための支点として活用したのが、五木さんのからだの奥に沁みついている「他力の思想（感覚）」である。一冊の独立した『他力』という本がまとめられることは、すぐれた読者ならだれもが想定し得ることだった。つまり『他力』が加わることによって、五木さんの人生観の根幹があきらかになり、宇宙観の深さが見えてくるようになったと言い切れるだろう。この本の意義はまずそこにある。

「他力」と「自力」は、それぞれ「他力浄土門」と「自力聖道門」という対立概念として日本の仏教を二分してきた。その後「自力」の方は刻苦《こっく》勉励《べんれい》をスローガンとする儒教的倫理に組み込まれてきたから、それの反動で「他力」が人頼みの消極的な生き方と誤解されて久しい。

中世にあって法然・親鸞が渾身《こんしん》の力をふるって説いた「他力」は、阿弥陀如来の本願に凡夫の身を任せるときの感覚であった。宇宙の彼方から降ってくる光であり、それを「生かされるしるし」として戴くよろこびの謂《いい》であった。むろんそのことを浄土系の僧侶も学者も説教してきたが、多くの場合、社会現象と連結することがなかった。「他力」がただの観念にとどまって、社会性を帯びることが少なく、非人道的な事件が起きてもそれに強く反応できずにきた仏教界の体質とも、そのことは関係していた。

五木さんは「他力」を語り、この乱世を生き抜くには「他力」を一条の光とするしかない、と説く。闇のなかで光を求めている弱い人間にこそ「他力」の恵みがもたらされるという論理は、決して人生への甘えから出たものではなく、悩み、歎き、怒り、笑い、躓き、泣いてきた人の内から発光するものであった。それゆえにこそ、五木さんは人間の弱さをさらけ出して

「他力」にすがり、「他力」を語らずにはおれなかったのだろう。

この『他力』と題された本は、一〇〇の章で構成されているが、一〇〇のヒントを提供しているようになっていて、実は「他力」という一つのヒントに収斂《しゅうれん》されているのだ。「この現状」から脱け出すための出口の扉の鍵は一つだから、読者の私たちは「他力」という一つのヒントを、さわやかに両掌で受けとめよう。

一〇〇の章には、見事に冴えたタイトルが付けられ、ドキンと胸が鳴るような怖いタイトルもあって、題材も広がっているが、たとえ社会現象やニュースを扱っていても、世に流布する時事評論とは趣が異っている。それはおそらく五木さんが、尖端を見つめながら普遍をおさえ、他人の悲しみを語るときおのれの慟哭《どうこく》を内に聴いているからである。「自力」を書く人には出て来ない心的現象であろう。私はその内面の熱さによってこの『他力』は他に例のない坐り方をしている本だと思った。

もう少し補って言えば、ここで語られ、論じられている題材は、五木さんの思想や感性に触れて来るのっぴきならないもので、他から論説を求められてそれに答えたという、取って付けたような発言ではない。言わずにおれないこと、自分が口にしなければだれも言わぬまま終わってしまうことを怖れ責任をもって言う、そんなギリギリの人間的欲念が全編にみなぎっている。五木さんにとって、それは作家として「この現状」をどう生きるべきかの模索や葛藤と、決して断ち切れている問題ではあるまい。だからこそ、すべての文章の底に生身の人間臭さが水脈のように流れ、それが更に語り部風の文体へと昇華されるのだ。そこから書物としての温もりが濃度を増して来る。

この『他力』を一読したあと、「これは警世の書だろうか」と思った。「こういう状態はおかしい」「なんとかしないといけないのではないか」と受け取れる要素もある。しかし、他者に覚醒を促すという意識よりは、自分の内面を告白しないではおれない衝動によって書き進められたように、私には思われてきて、三島由紀夫さんは『他力』など絶対に書かないだろうと想像してみた。「成せば成る」という論法は「自力」への過信から生ずるし、そこから社会の諸現象を見ていけば、「この現状」を前にして三島さんなら、「警世の書」を著わすかも知れない、と私は夢想したのだった。「自力」↓「警世」↓「憂国」というステップを考え、架空の三島由紀夫著『自力』を勝手にイメージしてみるのもたのしいことで、五木さんの『他力』はそういう空想ゲームのひとときを私に恵んでくれた。五木さんは「憂国」には進まない。

何を隠そう、私も親鸞門徒であり、「他力」の信奉者である。生・老・病・死の人生の「老」の一隅にいる私の、「生かされている」存在の重さには「他力」しか入り込む余地はないから、同年代の五木さんが『他力』をまとめてくれたことで、良き同朋を得たよろこび以上の心の安らぎをいま感じている。「自力」を書けば自己主張が前に出すぎて、究極のところ怖れを知らぬ驕《おご》りに行きつくか、さもなくば自慢話になるだろう。それは「他力」を戴いて生きる者の第一に慎しまねばならぬ心掛けである。そんなこともここで学んだと告白しておこう。

こんど「解説」を書くために再読していて、五木さんの内奥に息づく悲しみの噴き出た文章に、改めて惹きつけられた。私はところどころで泣いた。私のなかに潜む煩悩がそうさせたのか、「他力」のはからいによるものか自分では判断がつきかねるけれど。

(68) 母親をリヤカーに乗せ、弟や妹の手を引きつつ
(71) 人はみな泣きながら生まれてくる
(72) 「わがはからいにあらず」というつぶやき
(80) 正統は異端の艶《つや》やかな光に照らされる
(84) 「しゃべれ、しゃべれ、ものを言え、言え」
(91) いま大切なのは〈励まし〉ではなく〈慰め〉

こうして自分の物差で勝手に選んでみたが、悲しい過去を引きずり、人間の想像の範囲を超えて変化するであろう未来を想う五木さんの思念は、それぞれが独立した題材でありテーマでありながら、空にかかる虹の両脚のようにつながっていて、同じ波長の声を発している。名文というものは突発的に生まれ出るものではなく、表現者の生の底部からマグマの働らきによっ

て噴き出すもので、この『他力』のなかでもそのことが見事に証明されている。

「語り部風の文体」と先に形容したが、この一冊を貫いているのも親しみやすい口調で、多くの秀逸な文も決して肩に力を入れて成ったものではない。五木さんは「面授」の重要性を説いているが、思えばこの『他力』もその「面授」の効果を書物で試みたものではなかったか。肉声のニュアンスが、いかにも五木さんらしい「語り部風の文体」に結晶化して、大きなテーマである「他力」を読者の座右の暮らしの必需品のように近づけてくれた。思想というものはからだに沁みる親しさで語られてこそ他者の土壌で芽をふく、そのことをこの『他力』は立証していないだろうか。

——詩人・評論家

（二〇〇〇年十一月）

この作品は一九九八年十一月講談社より刊行され、
二〇〇〇年十一月講談社文庫、
二〇〇五年九月幻冬舎文庫に収録されたものです。

著者略歴

五木寛之《いつきひろゆき》

一九三二年福岡県生まれ。生後まもなく朝鮮にわたり四七年引き揚げ。五二年早稲田大学露文科入学。五七年中退後、PR誌編集者、作詞家、ルポライターなどを経て、六六年「さらばモスクワ愚連隊」で小説現代新人賞、六七年「蒼ざめた馬を見よ」で直木賞、七六年『青春の門　筑豊篇』ほかで吉川英治文学賞を受賞。『蓮如』『大河の一滴』『林住期』『孤独のすすめ』など著書多数。英文版『TARIKI』は二〇〇一年度「BOOK OF THE YEAR」（スピリチュアル部門）に選ばれた。〇二年に菊池寛賞、一〇年に『親鸞』で毎日出版文化賞を受賞。近著に『元気に下山』『迷いながら生きていく』などがある。

幻冬舎新書 587

他力

二〇二〇年五月三十日 第一刷発行
文庫から累計六刷

著者 五木寛之
発行人 志儀保博
編集人 小木田順子
編集者 相馬裕子

発行所 株式会社 幻冬舎
〒一五一-〇〇五一 東京都渋谷区千駄ヶ谷四-九-七
電話 〇三-五四一一-六二一一(編集)
〇三-五四一一-六二二二(営業)
振替 〇〇一二〇-八-七六七六四三

ブックデザイン 鈴木成一デザイン室
印刷・製本所 中央精版印刷株式会社

DTP 美創

JASRAC 出 2004120-001

検印廃止

Printed in Japan ISBN978-4-344-98589-6 C0295
い-5-7

幻冬舎ホームページアドレス https://www.gentosha.co.jp/

*この本に関するご意見・ご感想をメールでお寄せいただく場合は、comment@gentosha.co.jp まで。